EL LUGAR MÁS OSCURO

RACHEL AMPHLETT

CAPÍTULO 1

Kevin Short se ajustó la gorra de béisbol azul marino sobre las orejas y entrecerró los ojos ante el brillante sol de la mañana temprana. Una frescura se aferraba al aire, con un ligero rocío acumulándose sobre los techos de los coches de segunda mano alineados en el pavimento de hormigón.

El tráfico rugía al pasar, los conductores ignorando la señal de límite de velocidad incrustada en la acera a pocos metros de la entrada del patio. No reducirían la velocidad hasta que doblaran la esquina, justo antes de la cámara de velocidad y a un buen medio kilómetro antes del paso de peatones.

Las puertas de la oficina de ventas estaban abiertas de par en par, el sonido de una aspiradora frotando de un lado a otro sobre la delgada alfombra y un leve aroma a pulidor de muebles de pino flotaban hasta donde Kevin estaba parado junto a un grifo exterior, con una manguera apuntando al cubo de plástico amarillo a sus pies.

Observando los vehículos dispuestos en la explanada de hormigón, evaluó cuáles le llevarían más tiempo y cuáles solo necesitarían una limpieza rápida.

Su mirada se posó en un vehículo estacionado al final del lado izquierdo de la fila.

Era más viejo que el resto y no estaba ahí cuando terminó de trabajar ayer.

El coche había sido estacionado de frente junto al muro de ladrillo encalado que bordeaba el patio en lugar de haber sido aparcado marcha atrás, pero la pintura granate se veía bien desde aquí, no demasiado deteriorada.

Calculó que si pulía el arañazo que podía ver en la puerta trasera del pasajero, estaría listo hoy, y entonces podría adelantar el papeleo una vez que todos los demás vehículos estuvieran preparados y listos para el comercio del día.

Kevin miró hacia abajo cuando el agua salpicó sus zapatos.

Maldijo, alcanzando el grifo y cerrándolo antes de enrollar la manguera detrás de una de las puertas. Levantando el cubo con una mano y la caja de artículos de limpieza con la otra, se dirigió arrastrando los pies hacia el hatchback plateado de cuatro años al extremo derecho de la exhibición semicircular más cercana a la carretera.

El hatchback sufría el mayor desgaste aquí, al igual que cualquier coche en esa posición. Estacionado junto a la acera, estaba sujeto a todas las salpicaduras y suciedad expulsadas por los vehículos que pasaban y soportaba la peor parte de los golpes y rasguños de peatones descuidados o malintencionados.

Las mañanas de fin de semana eran las peores.

Kevin nunca sabía qué encontraría gracias a la cantidad de clientes ebrios del pub al final de la calle que pasaban por el taller de camino a casa por la noche.

Hoy, un lunes, era mejor.

Más tranquilo para empezar.

Un viejo autobús se detuvo en la parada frente al taller, expulsando humos diésel y un par de pensionistas que deambularon calle arriba hacia los semáforos mientras se alejaba. Kevin giró la cabeza hacia un lado y parpadeó, tosiendo para aclararse la garganta mientras comenzaba a trabajar.

Rociando una cantidad generosa de jabón sobre el capó del hatchback, salpicó agua por todo el vehículo, haciendo una mueca mientras frotaba el excremento de pájaro que se aferraba al techo.

Era por eso que Mike, el dueño de Mike O'Connor's Used Car Sales, insistía en que los coches fueran limpiados cada mañana antes del horario oficial de apertura. La mayoría de los ocupantes de los vehículos que pasaban observaban a Kevin mientras trabajaba, tal vez evaluando su próximo coche.

Nunca se sabía de dónde vendría la próxima venta, eso es lo que decía Mike.

Kevin se enderezó y estiró la espalda antes de llevar el cubo al siguiente vehículo, limpiándolo mientras sus pensamientos se dirigían a la pareja que había llevado el coche a una prueba de manejo ayer por la tarde.

Hicieron todos los ruidos habituales cuando regresaron, probando suerte, intentando negociar un mejor trato.

Mike no lo aceptó y los despachó con una recomendación de que probaran el granero de coches al otro lado de Maidstone si querían un vehículo barato, uno que probablemente se averiaría con alarmante regularidad.

Aquí solo trataba con coches usados de calidad, nada menos.

Kevin exprimió la esponja, sacó un paño de su bolsillo trasero y limpió la humedad de las ventanas y el parabrisas.

El agua estaba fresca contra su piel cálida, y se echó hacia atrás el flequillo despeinado con el dorso de la mano antes de ajustarse la gorra de béisbol.

La aplicación del clima en su móvil prometía un día

abrasador, y quería terminar antes de que el sol se alzara sobre los edificios frente al patio.

Trabajó tan rápido como pudo, moviéndose alrededor del frente del siguiente vehículo y frotando los insectos muertos de la rejilla del radiador.

Otra prueba de manejo ayer, otra venta más tarde esta semana quizás.

Para cuando había exprimido el paño y estirado el cuello, el sudor le picaba en la frente. Hizo una pausa para quitarse la sudadera, se la ató a la cintura y miró por encima del hombro al tráfico que pasaba cuando sonó una bocina.

Las ocho y media ya, y los ánimos empezaban a caldearse.

Sonó un móvil dentro de un todoterreno azul oscuro, el sistema manos libres retumbando con la voz del que llamaba mientras contestaban, el volumen aumentando mientras el vehículo avanzaba lentamente y se desataba una discusión.

Kevin sacudió la cabeza, preguntándose si la gente sabía cuánto de sus conversaciones escapaba de sus capullos metálicos.

Silbando por lo bajo, se abrió paso entre los coches de vuelta hacia la oficina, deteniéndose para vaciar y rellenar el cubo con agua limpia antes de volver a su trabajo.

Hizo una pausa para mirar su reloj cuando la voz de Mike se escuchó a través de las puertas abiertas, su amplio acento de Wiltshire sobreponiéndose al sonido del tráfico mientras hablaba por su teléfono móvil.

Kevin levantó la mano a su frente, protegiéndose los ojos del resplandor del sol mientras miraba dentro de la oficina para ver a Mike caminando de un lado a otro, gesticulando con su mano libre, con un tono frustrado en su voz.

La aspiradora había sido abandonada en medio de la alfombra.

Se giró, vio a Kevin y bajó el móvil.

—¿Ya terminaste?

—Casi.

—El reloj corre. ¿No se supone que debes estar en la universidad a las once?

—La clase se canceló. No tengo que estar allí hasta las dos ahora. ¿Quieres que haga el papeleo del nuevo cuando termine?

Mike frunció el ceño y abrió la boca para responder, pero entonces alguien chilló al otro lado del móvil y despidió a Kevin con un gesto.

Kevin captó la indirecta.

Veinte minutos hasta la hora de apertura, y cinco coches más por limpiar.

Mientras deambulaba por el patio hacia el coche nuevo al final de la fila, entrecerró los ojos cuando la luz del sol golpeó la ventana trasera, cegándolo por un momento.

Colocó el cubo en el hormigón junto a la rueda

trasera, escurrió la esponja y examinó el daño en la puerta.

Parecía más profundo al mirarlo de cerca, y reciente también. No había óxido incrustado en el corte y, al agacharse para ver más de cerca, notó que el paso de rueda también tenía marcas de rozaduras.

—Mierda.

Kevin pasó la mano por la pintura, calculó un par de horas de trabajo extra para arreglar eso, y luego se enderezó. Extendió la mano hacia la manija de la puerta y dio un resoplido satisfecho cuando cedió bajo su toque.

Por un fugaz momento, se preguntó si Mike se habría dado cuenta de que el coche había quedado desbloqueado durante la noche.

Entonces sus ojos se posaron en la figura desplomada en el asiento trasero, con la cara del hombre vuelta hacia el otro lado y las piernas dobladas en un ángulo incómodo.

Un charco oscuro de líquido se había empapado en la tapicería de poliéster debajo del hombre, y el labio superior de Kevin se torció en una mueca mientras olisqueaba el aire.

Si se ha meado en el asiento...

—Genial —murmuró, y alzó la voz—. Colega, despierta. Los bares cerraron hace diez horas. Es hora de levantarse.

Frunció el ceño y luego olisqueó el aire.

No había vapores de alcohol.

No había señales de que el hombre hubiera vomitado.

Eso era algo, al menos.

Pero, ¿cómo demonios había logrado estacionar su coche en el patio durante la noche?

¿Y por qué?

Kevin extendió la mano para sacudirlo y despertarlo, pero se detuvo.

Había una humedad fría en los vaqueros del hombre, marcas de rozaduras en sus zapatos de cuero, y cuando miró más de cerca pudo ver que el cabello del hombre también estaba mojado.

Pero no ha llovido en días...

El corazón de Kevin dio un vuelco, una náusea le oprimió las entrañas.

—Colega, ¿estás bien?

Sin respuesta.

Dejando la puerta abierta, Kevin caminó alrededor de la parte trasera del coche hacia el otro lado. Con la mano suspendida sobre la manija de la puerta, miró por encima del techo hacia la oficina de ventas, pero Mike seguía ocupado, con el móvil en la oreja y la espalda vuelta hacia el patio.

Tomó una respiración profunda y abrió la puerta, luego se tambaleó hacia atrás, agitando los brazos mientras tropezaba con los bordillos bajos entre el patio y la acera.

El hombre lo miraba desde el asiento trasero con ojos muertos llenos de terror, la boca abierta en un grito de rictus que exponía labios y lengua azules, sus dedos arañando a un enemigo invisible.

Kevin gritó.

CAPÍTULO 2

A las nueve y media, la carretera había sido bloqueada en ambas direcciones y se había establecido una ruta de desvío que llevaba a los conductores descontentos lejos de Tonbridge Road hacia una ruta tortuosa entre Barming y Maidstone.

El cálido sol de la mañana bañaba la acera frente al concesionario de coches usados, olvidado ya el fresco de las primeras horas.

El bordillo estaba repleto de coches y furgonetas de la Policía de Kent con sus distintivos, y un creciente grupo de agentes uniformados se desplegaba a lo largo de una línea de cinta azul y blanca que ya se combaba en el centro mientras los rayos del sol golpeaban el pavimento.

Cuatro carpas blancas colocadas estratégicamente en el lado más alejado de la propiedad proporcionaban refugio a los investigadores de la escena del crimen, protegiéndolos tanto del clima como de cualquier dron no autorizado que pasara.

La inspectora Kay Hunter se desabrochó el cinturón de seguridad cuando el coche azul sin distintivos se detuvo detrás de una furgoneta común y frunció el ceño al ver a un individuo larguirucho fumando un cigarrillo mientras se apoyaba despreocupadamente contra las puertas traseras.

—El cuerpo sigue in situ, entonces —dijo—. Ese es Simon Winter, de la morgue.

—Por lo que he oído, no irá a ninguna parte por un buen rato —el oficial Ian Barnes apagó el motor y abrió su puerta.

Kay salió y se quitó la chaqueta del traje, dejándola en el asiento trasero antes de que su colega cerrara el coche y se pusiera a caminar a su lado.

—¿Qué has oído, entonces?

—Está completamente congelado —gritó Simon cuando se acercaron, apagando su cigarrillo antes de colocar la colilla en una lata vacía de refresco.

Barnes entrecerró los ojos.

—¿Con este clima?

—Eso es lo que dijo Lucas. —Simon señaló con la barbilla hacia el abarrotado patio de ventas—. Todavía está allí atrás si queréis echar un vistazo.

Kay se quitó una goma elástica de la muñeca, se ató el pelo rubio a la altura de los hombros en una coleta en la nuca y se dirigió al primer cordón que se extendía a lo largo de la acera entre una señal de límite de velocidad y un poste de la valla.

Más allá de la cinta, el negocio de coches usados parecía estar en buenas condiciones, con un grupo de vehículos de modelos más nuevos a la venta y ninguno que pareciera tener más de siete años. El letrero sobre las puertas dobles abiertas era brillante y limpio, y el pavimento parecía haber sido lavado a presión con regularidad.

Alguien se enorgullecía mucho de su trabajo y se preocupaba por las primeras impresiones.

Frunció los labios mientras se acercaba a la cinta.

No parecía el tipo de lugar que atraería problemas, entonces, ¿por qué se había encontrado un cuerpo aquí?

—Buenos días, jefa. —El sargento Tim Wallace le dirigió una sonrisa alegre y le tendió un portapapeles.

Con sus casi dos metros de altura, se elevaba sobre Kay, su chaleco antibalas y el cinturón del equipo añadían volumen a su corpulenta figura.

—Buenos días. —Garabateó su nombre en la hoja de registro, luego se la pasó a Barnes y se agachó bajo la cinta—. ¿Cuáles son las novedades?

—Lucas Anderson está allí dentro del cordón principal —dijo, señalando la más grande de las carpas blancas—. Ha confirmado que el tipo está muerto, pero quería quedarse y realizar más pruebas mientras Harriet y su equipo trabajan. Tengo un equipo de ocho policías tomando declaraciones a propietarios de empresas y de viviendas a lo largo de este tramo de carretera, y hemos hecho una llamada al ayuntamiento solicitando su ayuda para obtener imágenes de las cámaras de videovigilancia.

—Buen trabajo, habéis estado ocupados. ¿Alguna idea de quién es?

—No, jefa. El equipo de Harriet no encontró ni cartera ni teléfono móvil. Tampoco hay documentación en la guantera.

—Un hombre misterioso, entonces. —La mirada de Kay siguió a la pequeña multitud que se movía entre los coches—. ¿Quién está gestionando la escena actualmente?

—Gavin Piper. —Wallace señaló hacia la oficina—. Está allí, hablando con el dueño y el joven que encontró el cuerpo. Al parecer, solo trabaja tres o cuatro días a la semana entre sus clases en la universidad.

—Gracias.

—¿Echamos un vistazo antes de hablar con el dueño? —dijo Barnes, asintiendo hacia la carpa junto a la acera—. Mejor ver a qué nos enfrentamos.

—Tú primero. —Kay se puso a caminar junto a su colega, levantando la mano para saludar a una delgada técnica del equipo de Investigación de la Escena del Crimen envuelta en ropa protectora mientras se acercaban—. Buenos días, Harriet.

—Buenos días, Kay. —La jefa de Investigación de

la Escena del Crimen se quitó la mascarilla de la boca y la nariz—. Lucas está terminando su examen si queréis poneros el equipo y uniros a él.

—Si no hay problema.

—Hemos terminado con los preliminares, así que mientras no toquéis nada, estaréis bien.

—No hay problema. —Kay tomó el traje protector que le ofrecía otro de los técnicos del equipo—. ¿Qué sabéis del vehículo hasta ahora?

—Nada aún. Tus oficiales siguen entrevistando al chico que lo encontró y al dueño del patio.

Kay abrió el envoltorio de plástico del traje.

—Me pondré al día contigo de nuevo antes de que nos vayamos a la comisaría.

Diez minutos más tarde, con botines protectores sobre sus zapatos y vestida con el traje protector completo y guantes, Kay siguió a Barnes a través de la entrada de la carpa e inmediatamente se sorprendió por la temperatura causada por tanta gente trabajando en el espacio confinado.

—Joder, qué bochorno hace aquí —murmuró Barnes detrás de su máscara.

Una figura agachada junto a la puerta trasera del coche miró por encima del hombro y levantó una ceja hacia él.

—Mira el lado positivo: se descongelará más rápido así.

—Buenos días, Lucas —dijo Kay. Se acercó más,

mirando por encima del hombro del patólogo, y luego tragó saliva—. Jesús. Esto es diferente.

—¿Verdad? —Pinchó el brazo del hombre muerto con un dedo enguantado—. No tendrás los resultados de la autopsia durante al menos cuarenta y ocho horas. Le llevará la mayor parte de hoy y mañana volver a algún tipo de normalidad.

Los ojos de Kay recorrieron el tinte azulado de la piel de la víctima y se estremeció ante el terror en su mirada congelada.

Lo habían colocado en el asiento trasero sobre su lado derecho, con las rodillas presionando contra el respaldo del asiento del copiloto y los pies ahora colgando por el lado opuesto del coche.

Levantó la mano para protegerse los ojos cuando Patrick, uno de los de los investigadores de la escena del crimen, se inclinó y levantó su cámara, el flash iluminando el interior mientras trabajaba alrededor del vehículo.

—Muy bien —dijo, moviéndose a un lado para que Barnes pudiera echar un vistazo—, ¿cuáles son tus primeras impresiones?

Lucas arrojó el último de sus instrumentos en una bolsa de lona a sus pies y se enderezó. —No hay señales de heridas o traumatismos aparte de los evidentes signos de congelación en sus dedos y nariz. No hay sangre en su cabello, pero no puedo descartar una herida en la cabeza hasta que lo llevemos a la morgue y pueda examinarlo más de cerca. Lo mismo ocurre con el resto de su cuerpo, realmente. No podemos arriesgarnos a moverlo todavía mientras esté tan congelado.

Barnes le dio una última mirada al hombre muerto antes de darle la espalda al coche. —¿Cómo llegó a este estado?

Lucas levantó una mano enguantada. —Eso es todo lo que obtendrás de mí hasta que realice la autopsia, detective. No voy a aventurar una suposición, hay demasiados factores que considerar. Ahora, si me disculpas, necesito organizar cómo sacarlo de aquí.

Kay lo siguió afuera y entrecerró los ojos ante el brillante sol. —Es inusual que te quedes para hacer eso, Lucas. ¿No es para eso que está Simon aquí?

—Este va a ser un poco complicado.

—¿Ah, sí?

El patólogo hizo una mueca. —Digámoslo así, Hunter. No quiero que se caiga nada importante si podemos evitarlo.

CAPÍTULO 3

Kay depositó su traje protector, guantes y botines desechados en un contenedor de residuos biológicos fuera de la carpa y se tomó un momento para evaluar los coches dispuestos en el patio.

Echó un vistazo por encima del hombro a la parte trasera del vehículo donde se encontró a la víctima, el parachoques trasero asomando por un hueco en la carpa mientras Patrick estaba afuera hablando con Harriet, hojeando imágenes en la parte posterior de su cámara.

El coche de cuatro puertas era más viejo que los otros en exhibición; más desgastado y deteriorado.

Y de un color diferente.

Todos los demás coches eran de varios tonos de blanco, gris o plateado.

La pintura color granate desentonaba junto a un reluciente todoterreno blanco de solo un par de años de antigüedad, y mientras estiraba el cuello sobre el techo del hatchback de dos puertas más cercano, se preguntó por qué el vendedor de coches (O'Connor) lo habría comprado o aceptado como parte de pago.

—Compramos el coche de Emma aquí —dijo Barnes al unirse a ella—. Hace un par de años después de que aprobara el examen.

—¿En serio?

—Justo a tiempo, por lo que parece. Los precios han subido mucho desde que estuvimos aquí. No hay forma de que gastara tanto en un primer coche.

—Quizás O'Connor esté apuntando a una clientela diferente para ganar más dinero.

—Tal vez. ¿Se lo preguntamos?

—Vamos.

Kay lo siguió hasta la oficina de ventas y, mientras sus ojos se adaptaban a la iluminación tenue, detectó una figura familiar y larguirucha con pelo en punta sentada en un escritorio en medio de la habitación, frente a un hombre corpulento de unos sesenta años.

Gavin Piper era un agente capaz en quien ella había llegado a confiar más durante el último año a medida que el personal dentro de su equipo había cambiado, y una oleada de orgullo la envolvió mientras lo escuchaba guiar a Mike O'Connor a través de sus preguntas preliminares.

Levantó una mano hacia Barnes y se detuvo junto a una exhibición de folletos de piso a techo para compañías de seguros, detallado de coches y servicios locales del área, tomándose un momento para echar un vistazo alrededor de la pequeña oficina.

Un aroma a limón flotaba en el aire y, mientras su mirada recorría la habitación, vio una aspiradora abandonada junto a un segundo escritorio a la derecha. Las paredes necesitaban una nueva capa de pintura pero, en general, el negocio parecía estar bien cuidado.

El hombre sentado frente a Gavin se estremeció cuando sonó el teléfono, sus ojos moviéndose hacia las luces parpadeantes que se mostraban en la parte superior de una unidad de plástico negro junto a su codo antes de presionar un botón para silenciarlo.

Las luces continuaron parpadeando.

O'Connor levantó la mirada cuando ella y Barnes se acercaron, y Gavin se volvió al escuchar sus pasos.

—Buenos días, Gavin.

—Jefa.

El agente se levantó de su asiento, con su libreta en mano.

Hizo un gesto hacia el hombre mayor sentado detrás del escritorio que llevaba un traje gris pálido que combinaba con su tez. —Este es Mike O'Connor, el dueño del lugar. Laura está hablando con Kevin Short, el adolescente que encontró el cuerpo. Están en la cocina, en la parte de atrás.

—¿Cómo lo está llevando?

Gavin suspiró. —No creo que vaya a la universidad

esta semana, jefa. Tal vez vea cómo le va a Patrick allá afuera si quieres hablar con el señor O'Connor.

—Gracias, Gavin.

Kay se presentó a sí misma y a Barnes. —Señor O'Connor, el coche donde se encontró el cuerpo de la víctima, ¿es uno de los suyos?

—Dios, no. Demasiado viejo para empezar. —A pesar de las circunstancias, el pecho del vendedor se expandió mientras se enderezaba en su asiento y se aclaraba la garganta—. Aquí solo trato con vehículos usados de calidad.

—En ese caso, ¿cómo explica que no lo notara cuando llegó esta mañana? —Kay miró a través de las puertas abiertas—. Realmente destaca en comparación con los otros coches que tiene ahí fuera.

O'Connor se pasó una mano por la cabeza, líneas de preocupación arrugando su frente. —Tenía muchas cosas en mente, detective, es así de simple. Además, la entrada al patio está en el lado opuesto a donde ese coche ha sido estacionado y yo vivo en Wateringbury, así que también vengo desde la dirección opuesta. No lo vi en mi prisa por estacionar detrás del edificio y entrar a la oficina esta mañana.

—¿Cómo va el negocio? —dijo Barnes.

—¿Qué quiere decir? —La mirada de O'Connor se desplazó de Kay a Barnes, y luego de vuelta—. Está bien. Bien.

—Es solo que mencionó que tenía muchas cosas en

mente en este momento —dijo Barnes, con voz nivelada.

O'Connor se desplomó en su silla y levantó las manos. —Mi ex esposa está tratando de sacarme más dinero, eso es todo. Dice que no obtuvo una parte justa de las ganancias cuando lo compré el año pasado.

—¿Ella también es dueña del negocio? —dijo Kay.

—No, *era* dueña. Socios, o lo éramos. —O'Connor resopló—. Le dije a mi contador que fue un error hacerla accionista cuando compré el lugar.

—Cuando Kevin le contó sobre el hombre muerto que encontró, ¿fue a verlo?

—Al principio no le creí —dijo, con una mano temblorosa tomando un bloc de notas adhesivas que hojeó mientras hablaba—. Estaba discutiendo con mi esposa en ese momento. *Ex* esposa. Kevin entró aquí blanco como una sábana. Llegué hasta el todoterreno y pude ver al tipo en el asiento trasero. Eso fue suficiente para mí. Llamé a su gente de inmediato.

Kay asintió a Barnes y esperó mientras el oficial sacaba su móvil del bolsillo.

—Necesitamos que mire esta foto —dijo ella—. Lo siento, no es agradable, pero me gustaría que me dijera si lo reconoce.

Observó cómo O'Connor dejaba caer el bloc de notas, sus ojos abriéndose de par en par.

—Pero…

—Por favor, señor O'Connor. Es importante para nuestra investigación.

—Oh… está bien. —Sus ojos se llenaron de horror cuando Barnes giró la pantalla hacia él—. No, no lo conozco.

—Gracias. —Kay se volvió al escuchar que se abría una puerta para ver a la agente Laura Hanway conduciendo a un adolescente a la oficina de ventas, luego se levantó de su asiento—. Señor O'Connor, gracias por su tiempo. Nos pondremos en contacto. Mientras tanto, puede hablar con el agente Piper en cualquier momento durante el transcurso de esta mañana, pero le pediría que permanezca aquí en la oficina de ventas en lugar de salir al patio.

—Entiendo. —O'Connor señaló con la barbilla hacia las puertas abiertas—. ¿Tiene idea de cuánto tiempo estarán ahí fuera?

—El tiempo que sea necesario, señor O'Connor.

CAPÍTULO 4

Laura Hanway presentó a Kay y Barnes a Kevin Short, luego puso su mano en el brazo del adolescente y lo llevó hasta el segundo escritorio.

—Te traeré un vaso de agua mientras hablas con la inspectora Hunter —dijo—. No tardaré.

Le dirigió una pequeña sonrisa a Kay mientras desaparecía por la puerta interior, y Kay se dio cuenta de que su nueva protegida estaba aprendiendo rápido bajo la tutela de los miembros más experimentados del equipo.

Su decisión de entrevistar a un testigo clave sola, mientras su colega hablaba con el jefe del chico para poder avanzar en las etapas iniciales de la investigación de manera oportuna, demostraba una nueva confianza que irradiaba de su última recluta.

El cuidado y la atención que había mostrado hacia el joven testigo también eran tranquilizadores.

—Kevin, nos gustaría repasar algunas cosas si te parece bien —comenzó Kay.

El adolescente podía ser tan alto como ella, pero la pelusilla en su barbilla mostraba signos de alguien que intentaba desesperadamente dejar atrás sus años de infancia, mientras que sus ojos grandes conservaban una inocencia infantil.

Una inocencia que había recibido un brusco despertar solo unas horas antes.

Se encogió de hombros, luego pareció recordar con quién estaba hablando y se irguió un poco más, señalando dos sillas tapizadas frente al escritorio.

—¿Les gustaría tomar asiento?

—Estamos bien, gracias. ¿Cuántos años tienes, Kevin?

—Diecisiete.

—¿Llevas mucho tiempo trabajando aquí?

—Desde octubre del año pasado. —Suspiró, pasó una mano por su espeso cabello castaño que le caía sobre los ojos, luego se apoyó contra el escritorio, con los nudillos blancos mientras se aferraba al borde—. Quería establecerme primero en la universidad, acostumbrarme a la rutina allí y luego encontrar algo para poder ganar dinero los días que no tenía clases.

—¿Qué estás estudiando? —dijo Barnes, levantando la vista de su libreta.

—Estoy haciendo un curso de electricidad.

—¿No te apetecía trabajar para un electricista local, entonces?

Otro encogimiento de hombros. —Pensé que mantendría mis opciones abiertas.

Kay notó la ligera mueca que apareció en la comisura de la boca de Kevin y bajó la voz. —¿Te llevas bien con Mike?

—Sí —dijo, asintiendo con entusiasmo—. Es un buen jefe. No solo lavo coches, ¿sabe? Me hace hacer todo el papeleo de los vehículos nuevos, y soy mejor con el ordenador que él, así que también proceso la mayoría de las ventas que hace.

—¿Qué hay del negocio aquí? ¿Todo bien? —dijo Barnes.

—Mientras me paguen, realmente no presto mucha atención, para ser honesto. Especialmente si está hablando con su ex esposa.

—¿Oh? ¿Hay problemas ahí?

Kevin bajó la barbilla. —No puedo evitar escuchar cosas, eso es todo. Creo que ella está tratando de comprarlo o algo así. Realmente no lo sé.

—¿Has notado algo sospechoso últimamente? ¿Alguien merodeando que no debería estar? —preguntó Barnes.

Kevin negó con la cabeza. —No, y eso es lo que le dije a Laura también.

Se sonrojó.

Kay sonrió ante el uso del nombre de pila de su agente. Evidentemente, su colega pelirroja había causado una buena impresión. —¿Qué hay del hombre muerto? ¿Lo reconoces?

El adolescente se estremeció. —Nunca lo había visto en mi vida. ¿Saben qué le pasó? Es decir, ¿cómo diablos terminó así, y aquí?

—Es demasiado pronto para comentarlo en este momento —dijo Kay—. ¿Tienes a alguien en casa con quien puedas hablar sobre esto, o tal vez un profesor?

—Mi padre es bombero. Me llevo muy bien con él, y ha visto cosas horrorosas en su tiempo, así que no lo impresionaré. —Se puso de pie, su voz más firme—. No se preocupen. Estaré bien.

—De acuerdo —dijo Kay, entregándole su tarjeta de visita—. Este es mi número, así que si piensas en algo que podrías haber pasado por alto al hablar con nosotros, o con Laura, llámame. No importa la hora, tampoco. Siempre contestaré.

—Gracias.

Se volvió para seguir a Barnes, pero luego se detuvo. —¿Qué hay de cámaras de videovigilancia allá afuera? ¿Tenéis eso?

Kevin se sonrojó. —Se estropeó la semana pasada y Mike me pidió que llamara a la empresa para que la arreglara, pero se me olvidó. Estaba en mi lista de cosas por hacer hoy antes de ir a la universidad.

Kay contuvo el suspiro de frustración que

amenazaba con escapar de sus labios y forzó una sonrisa en su lugar. —No te preocupes. Gracias.

Cuando salió, vio a Harriet y Patrick junto al cordón más lejano, con las cabezas inclinadas mientras conversaban, vasos de café para llevar aferrados en sus manos.

Se habían quitado las máscaras y los guantes, y se habían echado hacia atrás las capuchas, revelando cabello pegajoso por el sudor de trabajar en el espacio confinado de la carpa.

—¿Cómo va todo ahí dentro? —dijo Barnes.

—Caluroso —respondió Patrick.

—Lo que significa que deberíamos poder sacar a nuestra víctima del coche dentro de una hora —añadió Harriet, arrugando la nariz—. Tan pronto como podamos despegarlo de la tapicería sin causar más daño.

—¿Algo de vuestra inspección inicial del coche? —dijo Kay.

Patrick se acercó para que pudiera ver la pantalla en la parte posterior de la cámara SLR digital que sostenía, y pasó por las imágenes. —Kevin mencionó una marca de rozadura en la puerta trasera, y también hay daños en la pintura y el acabado de ese lado. He extendido nuestra búsqueda hasta la acera, y parece que quien conducía rozó un letrero junto al bordillo que separa la acera del patio delantero allí.

Barnes cubrió la pantalla con su mano para protegerla del resplandor del sol, luego frunció el ceño.

—¿Quieres decir que quien dejó el coche tenía prisa y no usó la entrada, sino que condujo directamente sobre la acera y el bordillo para estacionar?

—Eso es lo que estoy pensando —dijo Patrick—. Una vez que se haya retirado el cuerpo, echaré un vistazo más de cerca a la parte delantera del coche; tendremos que retrocederlo de la pared para que pueda meterme debajo y ver qué daños podría haber allí.

Kay dirigió su atención a la gente que deambulaba fuera de la carpa, luego exhaló. —Así que nuestra víctima fue asesinada, mantenida en algún lugar frío durante el tiempo suficiente para congelar su cuerpo, y luego abandonada aquí. ¿Por qué?

Se alejó de Patrick cuando un grito llegó desde la carpa hasta donde estaban.

—Nos están llamando —dijo Harriet—. Es hora de volver al trabajo.

La jefa de Investigación de la Escena del Crimen entregó su vaso de café vacío a un colega que pasaba con un gesto de agradecimiento, luego se subió la capucha.

—Buena suerte —dijo Barnes—. Creo que todos la vamos a necesitar en este caso.

CAPÍTULO 5

Kay entró por la puerta de la sala de incidentes y se encontró con una cacofonía de teléfonos sonando, voces llamándose a través del espacio y un alboroto de personal administrativo discutiendo sobre las impresoras y fotocopiadoras que se alineaban en la pared del fondo.

Un rápido vistazo a sus correos electrónicos no proporcionó nueva información sobre el hombre muerto encontrado en el coche y dirigió su atención a la luz parpadeante del buzón de voz en su teléfono, trabajando a través de los mensajes que iban desde solicitudes de informes de gestión y cambios de personal hasta demandas de periodistas locales en busca de información sobre el macabro hallazgo.

Maldijo por lo bajo cuando se le acabó la tinta del bolígrafo, luego se inclinó y agarró un bolígrafo del bote en el escritorio de Barnes frente al suyo. Anotó los números de teléfono de los reporteros y un recordatorio para hablar con el comisario Devon Sharp sobre la organización de una conferencia de prensa lo antes posible.

Antes de que empezaran los rumores.

El aroma de granos de café quemados y el sándwich de huevo de alguien flotaba en el aire mientras se dirigía hacia la pizarra blanca donde Gavin Piper estaba haciendo notas preliminares con un rotulador negro grueso.

Dio un paso atrás para examinar su trabajo cuando ella se unió a él, con la mandíbula apretada.

—No tenemos mucho con qué trabajar, jefa —dijo en voz baja.

—Siempre hay algo. Solo tenemos que empezar a investigar. Reúne a todos y haremos una actualización.

Kay añadió sus propias notas a la pizarra basándose en sus conversaciones con Mike O'Connor y Kevin Short, mientras el sonido de las sillas arrastrándose por las delgadas baldosas de moqueta y las bromas entre sus colegas se redujeron a unos pocos murmullos silenciosos, luego se volvió para enfrentarlos.

La policía Debbie West se apresuró desde la pequeña cocina al borde de la sala de incidentes y le entregó una taza de café antes de tomar asiento junto a Laura Hanway.

—Gracias, Debs. Buenos días a todos. Para los que seáis nuevos en el equipo, soy la oficial superior de investigación en este caso y el oficial Ian Barnes es mi adjunto. —Dirigió una sonrisa a los cuatro miembros del personal administrativo asignados desde la sede central a última hora que se cernían en los márgenes del grupo—. Somos un grupo amigable, así que si no podéis encontrar algo, no dudéis en preguntar, a menos que queráis algo del armario de papelería, en cuyo caso Debbie es vuestro punto de contacto porque guarda las cosas como si fuera el oro de la Reserva Federal en Fort Knox.

Una ola de risas pasó por el grupo, y Kay vio que los recién llegados se relajaban un poco.

—Bien, vamos al grano: tenemos el cuerpo congelado de un hombre desconocido de entre treinta y cuarenta años en el asiento trasero de un vehículo de nueve años de antigüedad abandonado en el patio de un concesionario de coches usados. Ni el propietario, Mike O'Connor, ni su asistente a tiempo parcial Kevin Short reconocen a la víctima o su vehículo. Creemos que el coche fue conducido sobre la acera y el bordillo hasta el patio en algún momento entre que O'Connor cerró el negocio a las seis de la tarde de ayer y las ocho de esta mañana cuando Kevin llegó al trabajo. El cuerpo aún está congelado, por lo que es posible que el marco de tiempo sea después de la medianoche en lugar de antes, pero no asumáis nada hasta que tengamos evidencia que lo respalde. O'Connor declara que no vio el vehículo cuando llegó a las siete y media porque entró al patio por la entrada principal en el lado opuesto y dijo que su mente estaba ocupada en otras cosas.

Kay hizo una pausa para tomar un sorbo de café mientras sus colegas se ponían al día con sus notas. —¿Alguien ha tenido la oportunidad de pasar las fotos de nuestra víctima por nuestra base de datos de personas desaparecidas?

Una mano se levantó desde la parte trasera del grupo y el policía Phillip Parker alzó la voz. —Jefa, tuvimos suerte con eso: creo que es un tipo llamado Carl Taylor. Su esposa, Helen, lo reportó como desaparecido el viernes por la noche. Estoy esperando la confirmación de una patrulla uniformada que ha ido a hablar con ella; vive en Lenham.

—Avísame tan pronto como tengas la confirmación, Phillip, y si ella confirma que es él, quiero que trabajes con Laura para reunir todo lo que podáis sobre él: antecedentes, trabajo, amigos, todo.

—Sí, jefa.

—¿Qué sabemos sobre Mike O'Connor hasta ahora? ¿Cuál es su historia?

Barnes se aclaró la garganta. —Compró el negocio de coches usados hace un año al propietario original, Marcus Tavistock; ese es quien recuerdo que dirigía el lugar cuando compramos el coche de Emma allí. Marcus se jubiló y, por lo que he podido averiguar en una rápida búsqueda en línea, O'Connor vendió todos los coches viejos que Marcus había dejado y trajo modelos más nuevos.

—Como dijiste antes, apuntando a una clientela diferente —dijo Kay, volviéndose para actualizar las notas en la pizarra—. ¿Qué sabemos sobre la participación de su ex esposa? Parece haber cierto antagonismo allí.

—Eché un vistazo al sitio web de Companies House y ella fue nombrada accionista sin derecho a voto en el momento de la compra —dijo Barnes—. Parece que fue eliminada hace seis meses. Voy a revisar la documentación contable que está en el sitio para ver si puedo averiguar qué pasó allí en términos de dinero, pero si no encuentro nada, contactaré al contador; están usando su dirección como la dirección de oficina registrada.

—Buen trabajo, gracias. ¿Sabemos qué hacía Mike antes de comprar el concesionario?

—Él y su esposa dirigían un restaurante cerca de Eccles —dijo Laura—. Ian me pidió que investigara eso mientras él investigaba la concesionaria. Lo vendieron tres meses antes de comprar el negocio de coches usados; encontré algunos artículos de noticias antiguos en línea y obtuvieron una enorme ganancia. Al parecer, después de comprar el pub en ruinas hace seis años, lo transformaron y lo convirtieron en una especie de bistró de lujo y ofrecían catering para bodas. Apareció en un programa de viajes en televisión hace dos años, así que probablemente eso ayudó. Ann, la ex esposa de O'Connor, tenía bastante reputación como chef. Escribió un libro de cocina después de su aparición en televisión.

—¿Algún problema mientras estuvieron allí? —dijo Kay.

—Nada que pudiera encontrar, jefa; nada en las noticias en línea, y nada en nuestro sistema tampoco.

—¿Por cuánto se vendió el restaurante?

—Un millón doscientas mil libras.

Un coro de silbidos bajos llenó el aire, y Kay parpadeó.

—Vaya. Ojalá hubiera ido allí mientras lo dirigían si era tan bueno. —Se apoyó contra un escritorio vacío junto a la pizarra—. Si les iba tan bien, ¿me pregunto por qué vender el restaurante?

—Quizás simplemente se agotaron —dijo Debbie—. Seis años es mucho tiempo en esa industria, ¿no? Especialmente en un mismo lugar.

—Tal vez el brillo empezaba a desaparecer —añadió Barnes—. Tanto en el negocio como en el matrimonio; después de todo, parece que ella solicitó el divorcio a los pocos meses de que él comprara el negocio de coches usados.

—Parece una elección extraña, comprar eso después del restaurante. ¿Y por qué la espera de tres meses en medio? —dijo Kay—. Gav, ¿puedes averiguar de Mike O'Connor qué pasó allí?

—Sin problema, jefa.

—Bien, otras actividades para el día. —Kay hizo una pausa, volvió una página en su libreta y escaneó las palabras, levantando la mirada cuando un teléfono móvil comenzó a sonar. Vio a Parker contestando el suyo, luego volvió su atención al resto del equipo—. Necesitamos más antecedentes sobre Mike y Ann O'Connor; averiguad quiénes son sus amigos y socios comerciales. ¿Alguien ha hablado con Ann esta mañana?

—Los uniformados le dieron la noticia hace media hora —dijo Laura.

—Me gustaría que hicieras una entrevista de seguimiento con ella, y lleva a Gavin. Hacedlo formal, por si acaso. —Kay frunció el ceño—. Hasta que sepamos más sobre nuestra víctima, todos son sospechosos.

—De acuerdo, lo haremos.

Parker esperó hasta que ella terminó de hablar, inclinándose hacia adelante en su asiento. —Jefa, creo que Carl Taylor es nuestro hombre. Los uniformados están en la casa, y su esposa les ha dicho que trabaja como repartidor, para un distribuidor de alimentos congelados.

La sala explotó con ruido mientras el equipo asimilaba la noticia.

Kay levantó la mano. —Silencio, por favor, todos. Phillip, ¿tomaste nota del nombre de su empleador?

—Sí, jefa.

—Bien, Gavin y Laura, cambio de planes. Entrevistad a Ann O'Connor mañana e id ahora mismo con los empleadores de Carl. Barnes, tú vienes conmigo. Quiero hablar yo misma con Helen Taylor y averiguar qué ha estado haciendo su marido y por qué lo encontraron en el patio de ventas de Mike O'Connor.

Kay hizo una pausa para mirar su reloj. —Nos reuniremos aquí a las cuatro en punto para una nueva sesión informativa. Podéis retiraos.

CAPÍTULO 6

Gavin forzó sus manos a relajarse sobre el volante mientras aceleraba hacia Hawkenbury, con la adrenalina corriendo por su cuerpo mientras Laura le indicaba las direcciones desde el asiento del pasajero a su lado.

El paisaje pasaba velozmente por su ventana, los frondosos robles y castaños de Indias se difuminaban con las franjas de césped mientras sacaba el coche de Maidstone, rozando el límite de velocidad.

Laura se agarró con la mano izquierda a la correa sobre su ventana cuando él tomó una curva particularmente cerrada a la derecha, y relajó la mandíbula cuando la carretera se enderezó de nuevo.

—Muy bien, Lewis Hamilton —dijo ella entre dientes—. Sé que esto es urgente, pero me gustaría llegar en una pieza.

En respuesta, Gavin revisó sus espejos y luego adelantó a un ciclomotor que iba lento.

—¿Cuánto falta por aquí? —dijo, levantando el pie del acelerador al ver una señal.

—Justo aquí. Busca su logo en un cartel cuadrado, no puedes perdértelo.

Empezó a frenar cuando lo vio, girando hacia un camino bordeado por una valla de malla metálica que separaba el depósito de la carretera principal.

La grava salió disparada bajo sus neumáticos mientras reducía la velocidad al límite impuesto por los propietarios de la flota de camiones, y escudriñó a través del parabrisas los edificios de oficinas de poca altura situados en la parte trasera del amplio patio.

Siguiendo las señales de aparcamiento, condujo el vehículo entre una mezcla de camiones medianos y pequeños, todos con unidades de refrigeración acopladas.

El logo de la empresa estaba estampado en el lateral de cada remolque, con colores alegres que contrastaban con el motivo de su visita.

Una ruta demarcada los llevó a un aparcamiento sin camiones en la parte trasera de los edificios de oficinas, y Laura señaló con la barbilla hacia las puertas de recepción que tenían enfrente después de que Gavin frenara en un lugar marcado para visitantes.

—Alguien tiene ganas de hablar con nosotros, mira.

Un hombre con pantalones de traje gris arrugados se

apresuraba hacia el vehículo, con las mangas de la camisa azul arremangadas y manchas de sudor bajo los brazos. Su fino cabello lucía como si se hubiera pasado la mano por él toda la mañana.

Se detuvo a unos metros del coche, con la expresión de un hombre con muchas preguntas y ninguna respuesta.

—¿Son ustedes la policía? —dijo, pasando la mirada de Gavin a Laura cuando bajaron—. ¿Es esto sobre Carl?

Gavin cerró el coche y se acercó al hombre que se movía de un pie a otro, retorciéndose las manos.

—¿Y usted es, señor?

—Simon Thomas. Gerente del depósito.

—Soy el agente Gavin Piper, y esta es mi colega, la agente Laura Hanway. ¿Hay algún lugar donde podamos hablar dentro?

—Por supuesto, por favor, síganme.

Thomas se dio la vuelta sin esperar una respuesta, y Gavin se tomó un momento para intercambiar una mirada con Laura antes de seguir al hombre, con sus pensamientos acelerados mientras reformulaba las preguntas planeadas para la entrevista.

El gerente del depósito los condujo a través de las puertas de cristal de la recepción, pasando por delante de una mujer en un escritorio en una oficina tipo caja al otro lado, luego a la izquierda a través de una puerta de madera maciza y hacia una sala de conferencias.

La mesa ovalada de efecto pino en el centro tenía asientos para seis, y Thomas señaló los asientos más alejados de la puerta, antes de hundirse en un asiento frente a ellos.

Laura ya tenía su libreta lista para cuando Gavin le apartó una silla, y no perdió más tiempo.

—Señor Thomas, no parece sorprendido de vernos.

—Carl no se presentó a trabajar esta mañana —dijo el hombre, tamborileando con los dedos sobre la mesa mientras la fina piel bajo su ojo izquierdo se contraía—. No iba a entrar en pánico hasta haber hablado con él; después de todo, el personal se enferma, surgen problemas familiares, ese tipo de cosas, pero entonces Sally, la de recepción, vio las noticias en línea hace media hora. El hombre muerto que se encontró congelado... es Carl, ¿verdad?

Sus palabras salieron apresuradamente, teñidas de pánico y miedo.

—Lo siento —dijo Gavin—. Sí, creemos que es él.

Thomas dejó de inquietarse, sus dedos quedaron en silencio. —Dios mío. Pobre Helen.

—Necesitamos hacerle algunas preguntas, señor Thomas...

—Por supuesto, por supuesto, adelante.

—¿Cuándo fue la última vez que vio a Carl?

—El viernes por la mañana. Todos los conductores fichan desde alrededor de las seis y media en adelante. Hablamos sobre un problema mecánico con el camión que había estado conduciendo esa semana y acordamos que iría a revisión más adelante este mes.

—¿Qué tipo de problema mecánico?

—Pensó que el embrague estaba fallando. Se reemplazó hace un par de años, así que ya le toca.

Gavin estiró el cuello para mirar por la ventana más allá de la silla de Thomas hacia los camiones dispersos por el patio. —¿Alguno de esos es el suyo?

—No, ese es el problema, ¿sabe? —El tamborileo de dedos comenzó de nuevo—. Recibí un mensaje de texto de Carl diciendo que llegaría tarde el viernes por la tarde porque tuvo un pinchazo y que planeaba dejar al aprendiz en casa de camino de vuelta una vez que lo arreglara. Dijo que aparcaría el camión en casa después y volvería a buscar su coche durante el fin de semana.

Gavin oyó la inspiración de Laura mientras su corazón daba un vuelco. —¿Qué aprendiz?

—Will Nivens. Vive con su madre cerca de Tovil. Aprobó su licencia de Clase 2 el mes pasado y vino a nosotros a través de una de las agencias en Maidstone para conducir uno de los camiones rígidos que usamos.

—¿Se presentó Will a trabajar esta mañana?

—No, y tanto su coche como el de Carl siguen ahí fuera. Y nuestro camión sigue desaparecido.

—¿Ha hablado con Will?

—Su supervisora, Adele, intentó llamar a su móvil esta mañana, pero no hay respuesta, y cuando llamó a los datos de contacto de emergencia en el archivo y habló con su madre, le dijeron que no lo habían visto desde el viernes.

—¿Ha denunciado su madre su desaparición? —dijo Laura.

—No, pero iba a hacerlo si no aparecía esta tarde. Will nos dijo que iba a reunirse con unos amigos después del trabajo el viernes y que se iban a Londres para el fin de semana, así que ninguno de nosotros se preocupó —dijo Thomas. Su frente se arrugó—. Hasta que vimos las noticias, por supuesto.

—¿Por qué no lo ha reportado antes hoy?

—Porque pensé que habría una explicación simple para todo esto. Ninguno de nosotros quería creer que era Carl a quien habían encontrado. —Sus ojos se volvieron desesperados—. ¿Qué está pasando? Si Carl está muerto, ¿dónde está Will?

Gavin empujó su silla hacia atrás, le indicó a Laura que lo siguiera y se dirigió a la puerta. —Le agradecería que no dijera nada a su personal por el momento, señor Thomas. Enviaremos un equipo uniformado para tomarle una declaración formal en breve.

Salió disparado de la habitación y atravesó el área de recepción, con Laura pisándole los talones. Mientras corrían hacia su vehículo, le lanzó las llaves del coche a ella y sacó su móvil del bolsillo, poniéndoselo en la oreja al entrar.

—¿De vuelta a la sala de incidentes? —dijo Laura,

arrancando tan rápido que lo lanzó hacia atrás en su asiento.

—Sí, tan rápido como puedas. —Gavin apretó los dientes mientras se abrochaba el cinturón de seguridad—. Avisaré a Kay de que tiene que reunirse con nosotros allí.

CAPÍTULO 7

Helen Taylor era una mujer diminuta con brazos delgados que sobresalían de una blusa de verano sin mangas.

Con los ojos llenos de dolor, su apariencia general cuando el policía Aaron Stewart condujo a Kay y Barnes a la sala de estar de una casa adosada en las afueras de Lenham era la de una figura demacrada que parecía que se desvanecería con la más mínima brisa.

Se levantó de un sillón color canela y extendió una mano delgada hacia Kay. —Aaron me dice que usted es la detective a cargo de descubrir quién asesinó a mi esposo.

Su voz era suave, como un susurro.

Kay le dio un suave apretón de manos. —Así es, y le prometo que haré todo lo que esté en mi poder para llevarlos ante la justicia. Lamento mucho su pérdida.

—Gracias. ¿Le gustaría tomar asiento?

Barnes permaneció de pie, con su libreta en la mano, mientras Kay se acomodaba en un sillón.

Se tomó un breve momento para ordenar sus pensamientos mientras miraba alrededor de la habitación, sus ojos deteniéndose en las fotografías enmarcadas de Carl y su esposa el día de su boda y en varios eventos y vacaciones desde entonces. Volvió su mirada hacia Helen Taylor y vio que la mujer la observaba.

—La he visto en la televisión —dijo Helen, y se secó la nariz con un pañuelo de papel—. Cuando hay un llamado a la comunidad por un crimen que están tratando de resolver.

La mujer hizo una pausa, tragó saliva y luego tomó un respiro profundo. —Nunca pensé que sería a mí a quien estaría tratando de ayudar. Este tipo de cosas les pasa a otras personas, ¿no es así?

—Lo siento, señora Taylor.

—Helen, por favor.

—Gracias. ¿Cuánto tiempo estuvieron casados usted y Carl?

—Trece años. —Una leve sonrisa rozó los labios de la mujer—. Nos conocimos un poco tarde en la vida; yo acababa de terminar una relación a largo plazo y Carl estaba en la ¿misma situación. Era mi trigésimo cumpleaños, estaba celebrando con un par de amigas cercanas, y él estaba en el bar al que fuimos con algunos colegas del trabajo. Nos topamos el uno con el otro al salir y fuimos a tomar algo a un lugar más tranquilo. Hemos estado juntos desde entonces.

Kay hizo una pausa mientras lágrimas frescas corrían por las mejillas de Helen.

—¿Cuándo fue la última vez que habló con su esposo?

—El viernes por la mañana, me llamó al trabajo para preguntarme si podía salir temprano.

—¿Por qué?

—Dijo que había acordado que viniera un plomero. Sonaba tan… bueno, *insistente*. Quiero decir, no era un problema para mí salir temprano, de todos modos solo soy contratista y no he tenido ningún día libre desde que comencé hace dieciocho meses, pero fue la manera en que lo pidió. Como si fuera realmente urgente y no aceptaría un no por respuesta si lo hubiera dicho.

—¿A qué hora la llamó?

La mirada de Helen cayó a la alfombra y frunció el ceño. —No puedo recordar con certeza. ¿Alrededor de las diez y media, quizás?

—¿Así que salió temprano y vino aquí?

—Sí. Llegué a casa a las dos en punto; él dijo que el plomero no llegaría hasta las dos y media aproximadamente.

—¿Dónde trabaja, señora Taylor? —dijo Barnes.

Ella se giró en su silla para mirarlo, levantando

ligeramente la barbilla. —Soy recepcionista en un bufete de abogados en Sittingbourne. Se especializan en reclamaciones por lesiones personales, seguros, cosas así.

—Señora Taylor, ¿usted o su esposo han recibido alguna amenaza en los últimos meses?

—No —sollozó—. Eso es lo que no entiendo. Carl no le haría daño a nadie, es un repartidor, por el amor de Dios.

—¿Han tenido algún problema con amigos, quizás, familia?

—No, nada de eso. —Helen hizo una pausa, luego señaló las fotografías alineadas en la estantería—. Carl y yo no teníamos un círculo social amplio, para ser honesta. Ninguno de los dos está en las redes sociales. Gastábamos lo que ahorrábamos en viajar. Supongo que somos bastante introvertidos, amamos… *amábamos* nuestra propia compañía.

Kay bajó la mirada mientras los ojos de Helen se llenaban de lágrimas frescas. —Helen, lo siento, pero tengo que hacer estas preguntas. ¿Sabe si Carl podría haber tenido problemas en el trabajo? ¿Le habló de alguna preocupación?

La otra mujer negó con la cabeza, sacó un pañuelo limpio de una caja en una pequeña mesa de madera junto a su sillón y lo retorció entre sus dedos. —No. Me lo habría dicho si estuviera preocupado por algo. Por eso estaba entrando en pánico cuando lo reporté como desaparecido. Era tan inusual en él. Sabía que algo andaba mal...

El móvil de Kay comenzó a vibrar dentro de su bolso, y le dio una mirada de disculpa a Helen antes de revisar la pantalla.

—Lo siento, Helen, pero tengo que atender esta llamada.

No esperó una respuesta. Le hizo una señal a Barnes para que la siguiera al pasillo y deslizó el dedo por la pantalla en el momento en que él cerró la puerta de la sala de estar.

—¿Gavin?

—Jefa, necesitas volver a la sala de incidentes. Ahora.

CAPÍTULO 8

Un pánico creciente amenazaba mientras Laura apartaba los informes que se acumulaban en su escritorio e iniciaba sesión en su ordenador.

Ella y Gavin habían regresado a la sala de incidentes hacía quince minutos, su colega compartiendo las noticias sobre la desaparición de Will Niven con el equipo por teléfono mientras ella conducía de vuelta. Ahora él estaba dando órdenes que al menos pondrían en marcha la búsqueda de Will mientras esperaban la llegada de Kay y Barnes.

Era un pandemonio: todo el espacio estaba lleno de teléfonos sonando, colegas gritando para hacerse oír por encima de los demás, y subyacente a todo ello estaba el miedo de que un joven estuviera muriendo o ya muerto.

Laura miró al otro lado de la habitación donde Gavin estaba de pie, con los brazos cruzados sobre el pecho mientras escuchaba al sargento Hughes hablar con la sede, solicitando ayuda adicional de oficiales uniformados para asistir junto con el equipo de investigación.

Todo su lenguaje corporal emanaba una confianza tranquila, su voz no más que un murmullo en contraste con el ruido a su alrededor.

Ella esperaba que algún día pudiera asumir las mismas responsabilidades con tal calma exterior.

—Laura, ¿tienes esa lista de los lugares de la ruta de Carl y Will del viernes?

La voz de Phillip Parker la sacó de sus pensamientos y levantó la vista para encontrarlo junto a su escritorio.

—Simon Thomas acaba de enviarla por correo electrónico —dijo, señalando una silla libre cercana—. La reenviaré a todos y luego podremos empezar con los registros de Reconocimiento Automático de Matrículas del viernes, así como con las cámaras de videovigilancia.

Parker arrastró la silla, una rueda suelta traqueteando en su carcasa antes de hundirse en el asiento y unirse a ella. —¿Crees que lo encontraremos vivo?

Ella frunció los labios. —No lo sé, Phil. No tengo un buen presentimiento sobre esto.

—Yo tampoco.

Se quedó en silencio mientras ella movía el ratón por la pantalla, enviaba el correo electrónico y luego iniciaba sesión en el sitio del Centro Nacional de Datos del Reconocimiento Automático de Matrículas.

Estirándose para alcanzar su libreta, introdujo la matrícula del camión refrigerado que Carl había estado conduciendo y esperó mientras se procesaban los datos.

—Aquí está —dijo, viendo el registro resaltado.

Trabajando a través del sistema, anotó cada ubicación por la que había pasado el camión en la ruta del conductor por la zona local mientras Parker accedía a las cámaras de videovigilancia que les permitirían rastrear visualmente los últimos movimientos de Carl Taylor.

—¿Cómo va por aquí? —dijo Gavin, apoyándose en su escritorio y mirando la pantalla.

—Acabamos de empezar con las cámaras de videovigilancia —respondió ella. Acercó un bloc de notas nuevo, copió las ubicaciones del sistema de Reconocimiento Automático de Matrículas y arrancó la página—. Esto es lo que tenemos para trabajar hasta ahora si quieres añadir esos al mapa.

—Brillante, gracias. —Arrebató la nota de su mano y se apresuró hacia el tablero de corcho al final de la habitación cuando su teléfono móvil comenzó a sonar.

Laura volvió su atención a la pantalla mientras Parker hacía clic en el primer ángulo de cámara listado, y adelantó la grabación más cerca de la hora que correspondía con la lista de ruta proporcionada por el empleador de Carl.

Efectivamente, a las siete y media de la mañana del viernes, un camión de color crema con el logotipo de la flota de cadena de frío en el costado del remolque pasó frente a la cámara en su camino hacia la primera entrega de Carl, una tienda de conveniencia 24/7 en Loose Road.

—Bien, Simon Thomas dice que todos sus conductores recogen sus cargas diarias de un almacén de distribución de cadena de frío en Laddingford, y luego comienzan sus rondas —dijo Laura, mirando el correo electrónico del gerente del depósito—. La ruta puede cambiar de un día a otro dependiendo de los requerimientos del cliente, pero sus entregas regulares constituyen tres cuartas partes de su ruta diaria.

Parker ajustó la configuración y encontró una cámara de videovigilancia frente a la tienda. —Este ángulo muestra a Carl y Will descargando el camión fuera de la tienda, mira.

Veinte minutos después, el camión de reparto se alejó de la acera y desapareció de la vista.

—Siguiente parada… —murmuró Parker, e hizo clic en la lista de cámaras relevante.

Laura se reclinó en su silla mientras su colega trabajaba en la lista e intentó contener su impaciencia.

Necesitaban respuestas, y pronto.

La puerta de la sala de incidentes se abrió de golpe, y Kay entró apresuradamente con Barnes a su lado.

Se dirigió directamente a la pizarra mientras Barnes

arrojaba las llaves del coche sobre su escritorio antes de unirse a ella.

—Vuelvo en un minuto —dijo Laura.

Parker no dijo nada, su mirada fija en la pantalla.

Cuando Laura llegó a los otros detectives, Gavin estaba proporcionando a Kay más detalles sobre su entrevista con Simon Thomas.

—¿No había un sistema GPS instalado en el camión de Carl? —dijo Kay.

—He hablado con Simon Thomas de nuevo desde que volvimos aquí —respondió Gavin—. Dice que cuando se lo sugirieron, sus conductores no estaban muy entusiasmados. Siempre ha estado satisfecho con su trabajo, y no ha habido quejas serias de los clientes, así que estaba contento de acceder. Dado que tener GPS en los camiones no es un requisito legal, sintió que se ahorraba tener que obtener su consentimiento para recopilar datos. La idea se abandonó en enero, una semana después de que se les propusiera.

—Podrían reconsiderarlo después de esto —dijo Barnes.

Laura miró por encima del hombro al oír pasos acercándose para ver a Parker avanzando hacia ellos, libreta en mano.

—Creo que podría haber encontrado el último paradero conocido del camión —dijo. Se acercó al mapa que Gavin había estado usando para trazar la ruta de Carl y golpeó con el dedo en una zona boscosa al sur de la ciudad—. Nunca hizo la entrega en Yalding, y la anterior a esa fue aquí, en Mockbeggar. Si fuera yo, usaría este carril para evitar lo peor del tráfico a lo largo de esta carretera aquí.

Kay se volvió hacia la habitación y alzó la voz mientras el sargento Hughes levantaba la vista de la pantalla de su ordenador. —Necesito tres coches patrulla en esta ubicación, ahora. O Will Nivens es nuestro principal sospechoso del asesinato de Carl Taylor, o es otra víctima y podría estar atrapado en ese camión refrigerado. Vamos.

Laura corrió de vuelta a su escritorio, recogió sus pertenencias e intentó contener su renovado pánico.

—Gavin, Laura, haced que Simon Thomas se reúna con nosotros allí, junto con el servicio de bomberos para que puedan abrir la parte trasera de ese camión si necesitamos ayuda. —Kay sacó su chaleco antibalas del cajón inferior de su escritorio antes de dirigirse hacia la puerta con Barnes, gritando por encima del hombro mientras se apresuraba tras él.

—Luces y sirenas de camino allí, todos. Sin demoras.

CAPÍTULO 9

Las luces azules parpadeantes de dos patrullas de policía recibieron a Kay mientras Barnes detenía el coche junto a un arcén cubierto de maleza.

Los agentes de tráfico uniformados ya estaban colocando conos para bloquear el acceso al camino y crear una desviación por rutas alternativas. Sus chalecos amarillos de alta visibilidad contrastaban con los setos de espino que bordeaban la carretera y se extendían por los bordes de la superficie llena de baches.

Una suave brisa agitó los robles y sicómoros sobre la cabeza de Kay, las hojas susurrando en el viento mientras se ponía un chaleco de alta visibilidad sobre el voluminoso chaleco antibalas y salía pesadamente del vehículo.

—Jesús, no echo de menos llevar toda esta parafernalia —refunfuñó Barnes a su lado.

—Al menos no llevas todo el equipo encima —dijo ella, y levantó una mano para saludar al alto agente uniformado que se giró al oír sus pasos—. Tim.

—Jefa. —El sargento de policía Tim Wallace asintió hacia Barnes, luego señaló con el pulgar por encima de su hombro—. Hemos encontrado el camión de su conductor. Está a unos cien metros en esa dirección, en un desvío hacia un sendero que no se ha usado en un tiempo. Está todo cubierto de maleza, excepto por algunas ramas que se han roto, aparentemente al aparcar el camión allí.

—¿Habéis abierto la parte trasera?

—No podemos, jefa. Alguien ha puesto un candado de alta seguridad y ninguna de las llaves en la cabina encaja.

—¿Las llaves estaban allí?

—Sí, jefa, en el encendido.

—¿Cuánto falta para que lleguen los bomberos?

—Un par de minutos.

—¿Algún rastro del conductor en prácticas?

—Hemos echado un vistazo por la zona y en la cabina, pero no hay señales de él.

—En ese caso, quiero…

Kay se detuvo al oír que se acercaba otro vehículo, con un segundo coche detrás.

Ambos aparcaron detrás del suyo.

—Son Gavin y Laura —dijo—, y creo que este debe ser el gerente del depósito de la empresa de camiones.

Con suerte, tendrá un juego de llaves maestras para abrir el candado y así poder preservar cualquier evidencia en lugar de tener que cortarlo.

—Mejor diles que se den prisa, jefa —dijo Wallace—. Si ese tipo ha estado en la parte trasera todo este tiempo…

Ella murmuró su acuerdo y luego hizo un gesto a Simon Thomas para que se acercara.

Gavin y Laura salieron del segundo coche, ambos detectives corriendo hacia donde ella estaba.

—Señor Thomas, han puesto un candado en la parte trasera del camión. ¿Tiene las llaves? —dijo ella.

En respuesta, el hombre metió la mano en su bolsillo y sacó dos llaves de latón. —Pero no usamos candados, detective. Estas son para las cerraduras de las puertas.

—Mierda.

Kay se giró al oír el rugido de un vehículo pesado que avanzaba por el camino y levantó la mano cuando un camión de bomberos frenó junto a ella.

El conductor bajó la ventanilla y la miró. —¿Dónde nos quiere?

—Necesito cizallas, ahora. La vida de un hombre está en peligro.

El conductor se giró y gritó por encima de su hombro a la tripulación en la cabina detrás de él.

La puerta se abrió y dos bomberos saltaron, el segundo hombre se giró y extendió la mano para coger las cizallas que le pasó un compañero.

—De acuerdo, vamos —dijo Kay.

Siguió a Wallace mientras él se abría paso entre los dos coches patrulla aparcados que bloqueaban el acceso a otros vehículos, con el corazón acelerado.

El penetrante aroma de las agujas de pino y el sotobosque húmedo impregnaba el aire, el silencio del camino roto solo por el mugido de una vaca en un campo más allá de la densa zona boscosa a ambos lados.

Profundos surcos en el barro agrietado y seco se volvían blandos, acunando estancados charcos de agua en las zonas sombreadas junto a los troncos de árboles de décadas de antigüedad. Helechos crecidos y hierba espesa cubrían los bordes, el follaje bloqueando toda luz solar excepto por una estrecha franja en medio del sendero donde la hierba alta había sido aplastada por el paso de un vehículo pesado.

—Hay huellas frescas de neumáticos en el barro aquí también —dijo Gavin.

Kay lo siguió por la superficie irregular, cuidando dónde pisaba para no torcerse el tobillo en uno de los surcos.

El estrecho sendero se desviaba a la izquierda después de unos metros, y entonces ella se detuvo.

Barnes tomó aire profundamente a su lado ante la vista del camión abandonado.

Había sido conducido de frente por el sendero, solo sus puertas traseras visibles entre la maleza y las ramas que impedían su avance hacia él.

Kay miró el candado fijado a las manijas en las puertas traseras del camión e hizo una seña al gerente del depósito para que se acercara.

—Señor Thomas, ¿puede confirmar que este camión es su vehículo desaparecido?

—Lo es, sí. —Su voz tembló—. Es el camión que Carl conducía el viernes.

Ella estiró el cuello hasta que pudo ver a dos de los bomberos que los habían seguido. —Ábrannos paso, entonces.

El hombre no esperó más instrucciones. Se adelantó y comenzó a cortar el candado mientras ella y Barnes se abrían paso hacia la puerta del conductor.

—La puerta estaba desbloqueada cuando llegamos —dijo Wallace—. Así es como encontramos las llaves en el encendido. Las dejaron en posición de "encendido".

Kay bajó la mirada desde la cabina del conductor, recorriendo con los ojos la longitud del camión. —El neumático trasero está desinflado.

—Tiene un pequeño corte como si lo hubieran rajado con un cuchillo, jefa —dijo Wallace—. El del otro lado está igual. Me preguntaba si eso se hizo una vez que el camión estaba aquí para que no pudiera moverse.

—¿Por qué dejar el motor en marcha entonces?

Simón Thomas dio un paso adelante y la llamó

desde donde estaba parado en la parte trasera del camión junto a Gavin y Laura.

—Detective, lo más probable es que el motor se haya dejado encendido para mantener en funcionamiento la unidad de refrigeración —dijo—. Nuestros conductores controlan la temperatura desde la cabina.

—¿Cuánto tiempo permanecería frío una vez que se acabara el combustible?

—Un par de días, siempre que las puertas permanezcan cerradas.

Barnes maldijo por lo bajo.

—Si hay alguien todavía dentro…

Un golpe sordo proveniente de la parte trasera del camión llegó a oídos de Kay, y ella se sacudió los zarcillos de espino negro que se aferraban a su chaleco mientras se abría paso hacia la parte trasera del vehículo.

Gavin y los demás formaron un apretado semicírculo a lo ancho del estrecho sendero, mientras un silencio descendía sobre el grupo cuando ella reapareció.

El bombero se mantenía a un lado con las cizallas en la mano, el candado en el suelo donde había caído entre las malas hierbas.

Kay vio a Laura mirar en su dirección y se dio cuenta de que todos la estaban esperando.

Hizo una pausa, sacó un par de guantes protectores de su chaleco antibalas y se los puso.

El resto de la escena del crimen podría haberse visto comprometida por su presencia en la prisa por encontrar a Will Nivens, pero era su deber tomar precauciones razonables para conservar las pruebas donde pudiera.

Movió los dedos y luego dio un paso adelante y sacudió la manija de la puerta del lado derecho.

—Son bastante pesadas —dijo Simon Thomas—. Tendrá que tirar con fuerza hacia abajo para liberarla.

Kay hizo lo que le indicó, y la puerta se abrió con un gemido metálico.

Una ráfaga de aire helado salió de la estrecha abertura, tentáculos frígidos extendiéndose y envolviéndole la cara y los antebrazos.

Se estremeció, escudriñando en la oscuridad mientras abría la puerta más ampliamente, asintiendo a Barnes mientras él se ponía los guantes y abría la puerta izquierda.

Cajas de patatas fritas congeladas, verduras, helados preenvasados y más alineaban el interior del camión, con un estrecho pasillo en el medio creando un camino irregular.

—Jefa, mira las puertas —dijo Gavin, moviéndose hasta quedar a su lado.

Ella levantó la barbilla hacia donde él señalaba y tragó saliva.

Dentro de las capas de hielo que aún cubrían el

grueso metal de acero había marcas de arañazos, teñidas de sangre.

—Los pobres desgraciados intentaron arañar para salir —dijo Barnes.

—Dame impulso—dijo ella, y puso su mano sobre el hombro de él.

Él juntó las manos, esperó hasta que el pie de ella estuviera en su lugar, y luego la impulsó sobre la puerta trasera y hacia el interior del vehículo.

Kay se estiró hacia el lado del camión para mantener el equilibrio, las suelas de sus zapatos deslizándose sobre el suelo helado mientras sus ojos se ajustaban a la penumbra.

—¿Alguien tiene una linterna? —dijo.

—Aquí. —Wallace metió la mano en su chaleco y le entregó una linterna de alta potencia.

—No dejéis que esas puertas se cierren de golpe.

Encendiéndola, se apartó de él y dirigió el haz de luz sobre la escarcha que cubría las cajas.

Un fino brillo blanco relucía en las paredes y el techo de la unidad, y frunció el ceño ante una serie de marcas de rozaduras que habían raspado contra las cajas y el suelo.

Dos gruesas líneas paralelas irregulares se extendían desde las puertas hasta el extremo más lejano, como si algo (o alguien) hubiera sido arrastrado hacia fuera.

—Carl —susurró.

La piel de gallina cubría sus brazos, la atmósfera

helada enfriando sus piernas mientras avanzaba arrastrando los pies.

Las cajas comenzaron a escasear, el espacio frente a ella ensanchándose a medida que se acercaba al último metro del espacio refrigerado.

—¿Cuántas entregas más le quedaban por hacer a Carl? —gritó.

—Tres —respondió Laura—. La última entrega era la más grande.

—Eso explica la cantidad de cosas que aún hay aquí, entonces.

Kay hizo una pausa, el haz de la linterna rebotando en la pared trasera del camión, cegándola con la cantidad de hielo que se aferraba al interior.

Levantó la luz hacia el techo, notando que la unidad de refrigeración estaba sobre su cabeza, el motor en silencio.

Sabiendo en su corazón lo que encontraría, exhaló.

Deslizándose a través de la fina niebla que escapaba de sus labios, bajó el haz de luz y emitió un gemido.

Un hombre desgarbado de unos veinte años yacía acurrucado en posición fetal, sus zapatos apartados de su cuerpo y un grueso suéter enrollado bajo su mejilla.

El hielo cubría sus rasgos, sus brazos y pies descalzos estaban azules mientras sus ojos miraban sin ver una caja que se había partido, con un rociado de guisantes congelados esparcidos alrededor de su forma inmóvil.

Kay había visto suficiente.

Se tambaleó de vuelta a las puertas abiertas, tomó las manos extendidas de Barnes y Gavin y saltó al suelo.

Uno de los bomberos se adelantó y le envolvió una manta alrededor de los hombros, sus ojos viendo el horror en los de ella antes de darle un imperceptible asentimiento.

Una vez que estuvo segura de que sus dientes habían dejado de castañetear, Kay comenzó a dar órdenes.

—Señor Thomas, necesito que regrese a su coche con el sargento Wallace, por favor. Tim, ¿podrías comunicarte por radio y solicitar que tanto un patólogo como un investigador de la escena del crimen asistan lo antes posible? Infórmale a Tráfico que se necesita un desvío durante al menos veinticuatro horas.

Mientras el sargento uniformado se llevaba a Thomas, Kay despidió a los bomberos y se volvió hacia su equipo.

—Hay un hombre muerto dentro, congelado como Carl Taylor. Asumo que es Will Nivens hasta que tengamos una identificación formal. Necesitamos mantener esta historia bajo control hasta que tengamos eso, así que aseguraos de que todos los que se presenten en la escena del crimen entiendan que no toleraré que nadie les de información a los medios, ¿entendido?

Sus tres colegas murmuraron su acuerdo.

—Bien, Barnes, tú vienes conmigo. Gav, Laura, volved a la sala de incidentes para coordinar desde allí.

Trabajad con Debbie para organizar los turnos de esta noche y mañana, y pedid comida para llevar para que todos puedan seguir trabajando. —Se volvió hacia las puertas abiertas del camión refrigerado.

—De una forma u otra, vamos a descubrir quién hizo esto y nos aseguraremos de que lo pague.

CAPÍTULO 10

El corazón de Kay se hundió mientras miraba a través del dosel de los árboles y escuchaba al equipo de investigación de la escena del crimen llamándose entre sí mientras trabajaban más allá del cordón.

Un tono añil comenzaba a invadir la tarde de verano, y una frescura descendía sobre el estrecho camino.

—Pronto empezará a oscurecer —le dijo a Harriet Baker mientras la jefa de Investigación de la Escena del Crimen se acercaba a la cinta.

Harriet cerró la libreta que sostenía, se la entregó a un colega, y luego señaló seis trípodes que habían sido colocados alrededor del camión refrigerado.

—No te preocupes, Charlie ha traído las lámparas —dijo.

Como si fuera una señal, seis potentes luces de

múltiples bombillas se encendieron, iluminando el vehículo por todos lados.

Kay parpadeó para contrarrestar el resplandor repentino y levantó la mano para protegerse los ojos. —Lo siento, te estoy retrasando.

—Te avisaremos si encontramos algo significativo —dijo Harriet—. Aunque estaremos aquí toda la noche.

Kay se quedó en el cordón exterior, se ajustó la chaqueta alrededor de los hombros y repasó mentalmente la creciente lista de tareas que tendría que realizar a su regreso a la sala de incidentes a la mañana siguiente.

Reprimió un bostezo, consciente de que las personas a su alrededor trabajarían aún más horas después de que Will Nivens fuera retirado con seguridad de la parte trasera del camión, y luego escuchó pasos en el asfalto detrás de ella.

—Aquí tienes.

Su estómago rugió cuando Barnes le entregó un sándwich envuelto con el logotipo familiar de una tienda de gasolinera y un vaso de café humeante para llevar.

—Gracias, Ian. ¿Llamaste a Pia mientras estabas fuera?

—Sí, no te preocupes, ya está acostumbrada a esto.

Kay sonrió. La pareja de Barnes trabajaba como abogada de traspaso de propiedades durante el día, y ella pensaba que la mujer era una influencia tranquilizadora para su colega en más de un sentido mientras lo observaba devorar un tazón de ensalada de pollo.

—Deja de sonreír —dijo él, agitando el tenedor de plástico hacia ella—. Al parecer, si quiero caber en el traje que quiero usar para la graduación de Emma, necesito perder unos kilos.

—No puedo creer que se gradúe este verano —dijo Kay entre bocados de sándwich de atún—. ¿Cuáles son sus planes?

—Viajar para empezar —respondió—. Ha encontrado un lugar de vida silvestre en Tailandia donde quiere ser voluntaria durante tres meses, luego se dirigirá a Australia y Nueva Zelanda. Pia y yo pensamos que podríamos volar y encontrarnos con ella allí antes de que regrese; nos da una buena excusa para ir.

—Suena como un gran plan. —Kay terminó el sándwich y arrugó el envoltorio antes de ponerlo en su bolso mientras Charlie levantaba la mano y caminaba hacia ellos—. ¿Qué tienes?

—El camión está equipado con un tacógrafo —dijo, entregándole una bolsa de evidencia—. La tarjeta del conductor aún estaba insertada; pensé que querrías eso de inmediato.

—Brillante, gracias, Charlie. ¿Qué hay de los teléfonos móviles?

—No hay señales de ellos; quien hizo esto se aseguró de que no pudieran pedir ayuda.

—Esos bastardos —dijo Barnes mientras el técnico de investigación de la escena del crimen volvía a su trabajo. Suspiró—. Al menos tenemos el tacógrafo. Habrá todo tipo de información allí que podemos usar.

—¿Te importa dejar esto en la sala de incidentes de camino a casa esta noche? —dijo Kay, ya deslizando la pantalla de su móvil y buscando el número que necesitaba.

—No hay problema.

—Gracias. Espera. —Levantó un dedo mientras contestaban la llamada—. ¿Gavin? Voy a enviar a Barnes en un minuto con el tacógrafo de Carl Taylor de la cabina del camión. Cuando llegue, ¿puedes llamar a Simon Thomas y pedirle que trabaje contigo para descargar el registro del conductor y enviárnoslo por correo electrónico antes de la reunión de mañana? —Kay caminaba por el borde mientras hablaba, luego se detuvo y miró a lo largo del camino donde el equipo de Harriet trabajaba bajo las luces de arco—. Nos ayudará a confirmar sus últimos movimientos, y espero que también nos diga cuándo se bajó al máximo ese medidor de temperatura. Con suerte, eso nos ayudará a establecer la hora en la que ambos hombres fueron encerrados.

—Lo haré, jefa —dijo Gavin—. Haré una nota en HOLMES2 para cruzar esa información con las imágenes de videovigilancia que Laura y Parker ya han comenzado a revisar.

—Buena idea. Deja que todos se vayan a casa a las

diez, ¿de acuerdo? De vuelta para una reunión a las siete y media de la mañana.

—Jefa.

Barnes le hizo una seña mientras terminaba la llamada, con el ceño fruncido mientras Lucas Anderson aparecía desde la dirección opuesta.

El patólogo iba acompañado por dos hombres de la morgue, y Kay observó en silencio mientras los guiaba por el camino antes de regresar.

—Si Will tenía frío, ¿por qué se quitó los zapatos y el suéter, Lucas? —dijo Barnes—. Eso no tiene sentido.

—Es una característica común de la hipotermia —dijo el patólogo, finalmente descartando su traje protector y guantes antes de arrojarlos a un contenedor de riesgo biológico junto a la cinta del perímetro exterior—. A medida que la circulación sanguínea se ralentiza y se aleja de las extremidades para mantener los órganos vitales funcionando, él habría sentido como si se estuviera sobrecalentando. Hacia el final, habría comenzado a delirar, quitándose la ropa en un esfuerzo por refrescarse.

Barnes se estremeció. —Pobres desgraciados.

—Lo que no entiendo es por qué quien hizo esto volvió aquí por Carl —dijo Kay—. ¿Por qué esperar hasta que estuviera muerto y luego tirar su cuerpo en la propiedad de O'Connor?

—Dejaré esa parte para ti, detective Hunter —respondió Lucas, haciéndose a un lado para dejar pasar a los dos hombres que llevaban la camilla, el cuerpo de Will ahora sellado en una bolsa de plástico negro. La mirada de Lucas siguió a los dos hombres hasta el final del camino, luego se volvió y señaló las puertas abiertas del camión refrigerado—. Lo que sí puedo decir es que quienquiera que hizo esto nunca tuvo la intención de que Will escapara una vez que se fueron con Carl, mira.

Kay giró para ver a qué se refería y observó cómo el equipo de Harriet bajaba otra caja de cartón del camión.

Bajo el resplandor de las potentes lámparas, pudo ver que el panel en el interior junto a la puerta derecha había sido destruido, con fragmentos de plástico sobresaliendo y cables colgando sueltos.

—Quien lo encerró con Carl rompió el mecanismo de liberación de seguridad —murmuró.

—El viernes por la mañana como muy pronto podré hacer la autopsia de Will —dijo Lucas—, pero al menos para el final de la semana tendrás el panorama completo.

Ella agradeció al patólogo, luego lo observó mientras caminaba de regreso a su coche, y se estremeció. —Como si esta semana no pudiera empeorar.

Cuando Kay siguió a Barnes a la sala de incidentes a la mañana siguiente, vio una figura familiar en la oficina detrás de su escritorio, de espaldas a la habitación.

Se acercó y se detuvo en el umbral, examinando con ojo crítico las cajas de cartón bajo el alféizar, cuyo contenido solo llenaba la mitad de cada una.

El cajón superior de un archivador estaba abierto con varias carpetas y documentos esparcidos sobre los archivos colgantes.

—¿Te vas entonces? —dijo.

Devon Sharp miró por encima del hombro y arqueó una ceja, con un montón de papeles sueltos en la mano.

El comisario rara vez se veía por la comisaría del centro de la ciudad debido a que sus responsabilidades habían crecido para incluir más tiempo en la nueva sede de la Policía de Kent, pero su presencia siempre era bienvenida por el equipo.

Ex policía militar, con el pelo más canoso estos días, aún caminaba con la agilidad de alguien que hacía ejercicio regularmente. Su chaqueta de traje color carbón mostraba las marcas reveladoras de un hombre que había pasado la mañana triturando documentos sin importancia, y la boca de Kay se torció mientras cruzaba la habitación hasta donde él estaba.

Se apoyó contra su escritorio con un gemido ahogado y se aflojó la corbata. —La comisario jefa ha dejado muy claro que espera que me una al resto de su equipo en la nueva sede en Northfleet ahora que la de Sutton Road está cerrada. He intentado argumentar que prefiero estar aquí para poder estar más involucrado, pero mi argumento es discutible. Los tiempos están cambiando, Kay.

—Es el fin de una era, jefe. —Apartó su atención de sus patéticos intentos de empacar por un momento mientras las voces y los teléfonos sonando se filtraban desde la sala de incidentes.

—Lo es, ¿verdad? —Frotó sus dedos sobre la superficie picada del escritorio—. Aparentemente, me han dado nuevos muebles allí.

—Gracias a Dios. —Kay palmeó el brazo metálico de una de las sillas para visitantes—. Llevamos años diciéndote que estas cosas se están cayendo a pedazos.

Frunció el ceño cuando él se pasó una mano por los ojos cansados. —¿Estás bien, jefe?

—Política, eso es todo. Viene con el trabajo, desafortunadamente.

Kay apretó los labios. —No suena bien.

—No lo es. En fin, cuéntame sobre la investigación. ¿Cómo van las cosas?

—Estaba a punto de informar al equipo. ¿Te gustaría unirte a nosotros?

—Lo haré, gracias. Tengo una conferencia de prensa en una hora, así que me gustaría asegurarme de que nuestra información esté actualizada.

—Dame un momento y comenzaremos.

Salió de su oficina y se dirigió a un dispensador de agua, se sirvió un vaso y luego llevó otro a donde Sharp se mezclaba con el resto del equipo de investigación mientras se reunían alrededor de la pizarra.

Su mentor siempre había tenido una habilidad especial con la gente, escuchando a los oficiales más jóvenes y menos experimentados, dando consejos cuando era necesario y tratando de seguir siendo parte del equipo que había liderado durante tanto tiempo antes de recibir un merecido ascenso hace tres años.

Tomó el vaso de agua que ella le ofreció con una sonrisa. —Supongo que el café sigue siendo una mierda, ¿no?

Los oficiales reunidos se rieron, y luego Kay les indicó que la reunión estaba comenzando.

—Gracias por todo vuestro arduo trabajo ayer, aprecio que fue un turno largo —dijo—. Comencemos con Carl Taylor. ¿Alguien tiene más actualizaciones con respecto a dónde fue encontrado?

—Jefa. —Laura se puso de pie—. Lucas confirmó que el tejido blando no se descongelará lo suficiente como para que pueda realizar una autopsia adecuada antes del jueves.

—Es lo que hay, no puede arriesgarse a calentar el cuerpo de Carl demasiado rápido —dijo Kay—. Pensó que no podría hacer la autopsia de Will antes del viernes. ¿Alguna noticia de la oficina de Harriet sobre el coche en el que encontraron a Carl? Alguien lo condujo y lo estacionó en el patio de O'Connor, ¿hay alguna evidencia de rastros?

—Quien lo hizo fue cuidadoso, jefa —dijo Gavin mientras Laura volvía a tomar asiento—. Harriet dice que el volante, la palanca de cambios y las manijas de las puertas fueron limpiadas con lejía y cree que quien conducía llevaba puesto todo el equipo de protección personal: mono, guantes, todo, similar a lo que ella y su equipo usan.

Un gemido colectivo llenó la habitación.

—Pero —dijo Gavin, alzando la voz sobre el ruido—, ha logrado encontrar un cabello en el reposacabezas del coche, y había tierra en el espacio para los pies, que está enviando para ser analizada.

—¿Cuál es el plazo para el análisis de la tierra? —dijo Kay.

—Dos semanas.

—Mierda. —Kay suspiró, agregó las actualizaciones a la pizarra y luego se volvió para enfrentar a su equipo—. ¿Quién ha estado realizando verificaciones de antecedentes de Carl Taylor?

—Yo, jefa. —Phillip Parker levantó la mano—. Carl comenzó a trabajar como conductor de reparto hace cuatro años después de ser despedido de su trabajo como gerente en un comercio minorista aquí en la ciudad. Simon Thomas no reporta problemas con su trabajo; Carl era el tipo de persona que llegaba quince minutos antes de su turno. La palabra que utilizó Thomas fue "concienzudo". Nada en nuestros registros sobre él, ni siquiera una multa por exceso de velocidad.

—¿Fue por eso que Thomas lo seleccionó para entrenar a Will Nivens?

—Sí, dijo que Carl había sido bueno para poner al día a sus aprendices sin tomar atajos. Will era el tercero en unirse a la empresa este año.

—Gracias, Phillip. —Kay pasó el pulgar por el lado del informe que generó la base de datos HOLMES2 y revisó las siguientes acciones a cubrir.

—Cuando Tim Wallace llegó a la ubicación del camión ayer por la tarde, ambos neumáticos traseros estaban desinflados y parecía que se había usado un cuchillo para romperlos —dijo—. ¿Dónde está Debbie?

Una mano se alzó desde la parte trasera del grupo.

—Aquí, jefa.

—¿Podrías trabajar con Phillip para echar un vistazo a las imágenes de videovigilancia a lo largo de la ruta de Carl el viernes, particularmente la última entrega que hizo antes de que el camión fuera abandonado? Quiero saber cuándo se acuchillaron esos neumáticos y si alguien lo hizo mientras estaba estacionado en su última entrega para crear un pinchazo lento.

Sharp asintió mientras escuchaba. —Lo que significa que para cuando llegó a ese camino donde se encontró el camión, no habría tenido más opción que detenerse.

—Les tendieron una emboscada, jefa —dijo Barnes—. Los hicieron detenerse allí deliberadamente y luego los asesinaron.

Kay dio un paso atrás desde la pizarra y observó el mapa que Gavin había clavado en el tablón de corcho a su lado antes de volverse hacia el equipo. —Barnes, quiero que me acompañes cuando hable con Louise Nivens, la madre de Will, después de esta reunión. Gavin, Laura, id a la casa de Ann O'Connor y hablad con ella sobre el negocio de coches usados de su marido. Si ella le está reclamando dinero, podría saber por qué el cuerpo de Carl fue abandonado allí. Quiero saber más sobre sus acuerdos comerciales en ese restaurante que poseían, y desde entonces.

—Sí, jefa. —Laura bajó la cabeza y pasó a una nueva página en su libreta.

—Mientras tanto, Debbie, ¿puedes revisar la lista de lugares que estaban en la ruta de Carl el viernes pasado y dividirlos entre nosotros? Quiero que todas las entrevistas se realicen antes del final del día. También necesito que alguien haga un seguimiento de los datos del tacógrafo de Simon Thomas para averiguar exactamente cuándo se detuvo ese camión y cuándo se bajó la temperatura.

—Entendido, jefa.

—Gracias. —Kay apoyó las manos en sus caderas y exhaló—. Necesitamos hacer un buen progreso hoy, todos, y agradezco el esfuerzo que habéis puesto hasta ahora. Tenemos un largo camino por recorrer para descubrir por qué estos dos hombres fueron el objetivo, pero no cometáis el error de apresuraros: vamos a necesitar todas las pistas y evidencias que podamos obtener. Nos reuniremos de nuevo mañana. Podéis retiraos.

CAPÍTULO 12

Barnes observó la fachada de ladrillo rojo de la casa familiar de los Nivens a través del parabrisas del coche y exhaló.

La cálida luz del sol iluminaba una ventana abuhardillada en el piso superior que sobresalía sobre un garaje sencillo en la parte delantera de la casa, mientras que un césped recién cortado a la derecha del camino de entrada estaba bordeado de plantas similares a helechos y arbustos coloridos.

Abrió la puerta del coche, se guardó las gafas de sol en el bolsillo de la chaqueta y miró por encima del vehículo a Kay mientras ella salía del lado del pasajero.

—¿Quieres que yo tome la iniciativa en esta?

—Si no te importa —dijo ella, moviéndose entre el coche y un seto de ligustro de dos metros de altura que separaba la casa de Louise Nivens de la propiedad vecina

—. Me dará la oportunidad de escuchar y comparar mis notas con lo que sabemos sobre Carl al mismo tiempo.

—No hay problema. ¿A qué hora van a enviar a alguien de uniforme?

—En cualquier momento. Debbie también ha solicitado otro oficial de enlace familiar, pero dado que Sharp me dijo que los recursos son escasos en este momento…

Barnes frunció el labio, deseando poder hacer más, y luego se dirigió a la puerta principal.

Después de tocar el timbre y escuchar una sonora respuesta de dos tonos en algún lugar del pasillo, se abotonó la chaqueta y respiró hondo.

Dar la noticia de la muerte de un ser querido era la peor parte del trabajo.

Asistir a accidentes de tráfico o a las consecuencias de un incendio provocado, exámenes post mortem… todo eso ya era bastante malo, pero esto…

La mujer que abrió la puerta llevaba el pelo recogido en un moño desordenado, las finas arrugas de su rostro se fruncían por días de preocupación. Sus ojos verdes los miraron antes de abrirse de par en par, y su boca se abrió al ver a los dos detectives en su puerta.

Retrocedió tambaleándose, con la mano revoloteando hacia sus labios.

—Will, no… —logró decir.

Barnes cruzó el umbral y la tomó por el codo,

sosteniéndola mientras Kay le seguía y cerraba la puerta.

—Señora Nivens, soy el oficial Ian Barnes —dijo con suavidad—. Esta es la inspectora Kay Hunter. ¿Podemos sentarnos en algún sitio?

La mujer asintió en silencio, señaló una puerta a la derecha al pie de una escalera y dejó que Barnes la guiara a través de ella hasta una sala de estar.

Un televisor estaba encendido en la esquina, mostrando en silencio un canal de compras mientras el presentador usaba gestos exagerados para mostrar una aspiradora.

El aire olía a encierro, y mientras Barnes conducía a la madre de Will a un sillón mullido junto a la puerta, vio un teléfono móvil sobre una mesita auxiliar a su lado, junto con un mando a distancia.

Alargó la mano para cogerlo y apagó el televisor mientras ella se dejaba caer en el sillón, con lágrimas desbordando sus mejillas.

—Aquí tiene.

Barnes se dio la vuelta y tomó el paquete de pañuelos de papel que Kay le tendía, sacó uno del envoltorio y se agachó junto a Louise.

—Señora Nivens, lamentamos mucho decirle que encontramos el cuerpo de un joven anoche. Llevaba su carnet de conducir en la cartera. —Barnes se echó hacia atrás sobre sus talones mientras los hombros de la mujer se estremecían—. Siento decirle que creemos que se trata de su hijo, Will Nivens.

Sollozos entrecortados llenaron el silencio mientras Louise se cubría la cara con las manos.

—¿Qué pasó? —murmuró entre sus dedos—. ¿Por qué...?

—En este momento, todavía estamos en proceso de establecer los hechos, pero sabemos que él y su compañero fueron atacados mientras hacían su ruta de entrega el viernes por la tarde —dijo Kay—. Lamento que no podamos decirle más en este momento, de verdad.

—¿Hay alguien a quien podamos llamar por usted? —dijo Barnes, moviéndose a un segundo sillón al lado de la mujer mientras Kay se sentaba en un extremo de un sofá de dos plazas a juego—. ¿Tiene alguna amiga o familiares cerca que puedan quedarse con usted un rato?

—M-mi vecina, Sheila. —Louise se secó los ojos antes de apretar el pañuelo empapado contra su pecho —. Hoy no está trabajando.

—Le pediremos que venga a hacerle compañía — dijo él—. Louise, me doy cuenta de que este es un momento terrible para usted, pero ¿le importaría si le hago algunas preguntas sobre su hijo?

La mujer asintió y cerró los ojos.

—¿Will tenía alguna preocupación sobre su trabajo para la empresa de reparto?

—No, en absoluto. Estuvo seis meses sin trabajo

después de que lo despidieran de su último empleo, así que en Semana Santa acordamos que yo pagaría para que hiciera un curso de formación para obtener su licencia de conducir camiones y él me lo devolvería. También le gustaba trabajar con Carl, decía que estaba aprendiendo mucho.

Se secó nuevas lágrimas antes de continuar.

—Estaba haciendo planes para ahorrar y tener una casa propia. También tienen camiones de larga distancia en ese sitio y quería obtener la siguiente licencia para poder conducir uno de esos. Pagan más por eso, ¿sabe?

—Suena como un hijo maravilloso —dijo Barnes.

Louise asintió, luego sacó un pañuelo nuevo del paquete.

—Después de que su padre muriera hace seis años, cuidó de su hermana y de mí lo mejor que pudo. Difícil para un chico de catorce años, pero estoy tan orgullosa de él... estaba...

—¿Puede hablarme del viernes? ¿Cuándo fue la última vez que lo vio?

—No lo vi. —Su rostro se arrugó mientras sus labios temblaban—. Tenía que salir muy temprano, ¿sabe?, para llegar al depósito a las seis y media. Lo vi el jueves por la noche: compartimos una comida para llevar y vimos la tele juntos. Se acostó a las nueve. Su alarma suena a las cinco.

—¿Y habló con él en algún momento el viernes?

Ella negó con la cabeza y luego se frotó los ojos enrojecidos.

—No. La noche del jueves fue la última vez que hablé con mi hijo, y lo único que hice fue decirle que se asegurara de poner su ropa sucia en la lavadora antes de irse a trabajar por la mañana.

Barnes tragó saliva para contrarrestar el nudo en su garganta mientras cerraba su libreta.

Se puso de pie, se alisó la chaqueta y miró a la mujer encogida que se había acurrucado en el sillón como si intentara escapar del mal que había destrozado a su familia.

—Encontraremos a quien mató a su hijo, señora Nivens. Se lo prometo.

CAPÍTULO 13

Gavin se alisó el cabello, frunciendo el ceño frente al espejo retrovisor mientras un mechón rebelde se levantaba en el momento en que bajó la mano.

Ignoró la sonrisa en el rostro de Laura mientras salían del coche, y en su lugar miró por encima del techo hacia una pintoresca casa blanca más allá de una puerta de madera.

Un grueso tejado de paja colgaba sobre los aleros, abrazando una chimenea de ladrillo rojo que albergaba una antena de televisión y una veleta de metal negro en forma de gato estirándose.

Un alto seto de aligustre que crecía a cada lado de la puerta daba algo de privacidad al jardín delantero desde el camino, y los pájaros cantores gorjeaban desde las ramas de un castaño de Indias sobre la cabeza de Gavin.

A través de una ventana abierta en la planta baja,

podía escuchar música suave, algún tipo de guitarra acústica que flotaba en la brisa hasta donde estaban parados.

—Muy bonito —murmuró Laura mientras cruzaba la calle a su lado—. Supongo que no tenemos que preguntarle qué hizo con su mitad de la venta del restaurante.

—No olvides las regalías de los libros también. —Gavin presionó el pestillo de hierro fundido de la puerta y la abrió, dejando que Laura pasara delante de él mientras se detenía para admirar el jardín delantero paisajístico.

Reconoció dedaleras y lilas, cosas que su madre cultivaba en su jardín, pero las variedades más exóticas agrupadas entre arbustos verde oscuro le recordaban a vacaciones en el Mediterráneo, Sudáfrica y lugares más lejanos. Los abejorros zumbaban alrededor de una fragante exhibición de lavanda mientras caminaba por el sendero de grava y se unía a su colega en el umbral.

Antes de que Laura tuviera la oportunidad de levantar la mano para tocar el timbre, una cortina de encaje se movió en la ventana a la derecha de la puerta.

Segundos después, la música se detuvo.

Unos pasos resonaron en un suelo de piedra, y luego Ann O'Connor abrió la puerta.

Vestida con pantalones color crema y una camiseta blanca sin mangas, cruzó sus brazos bronceados sobre el pecho y arqueó una ceja al ver a los dos detectives de civil.

—Así que, ¿es cierto entonces? ¿Realmente había un cadáver en el negocio de Mike?

Gavin hizo las presentaciones formales, luego guardó su placa. —¿Podríamos pasar, por favor, señora O'Connor?

—Llámenme Ann —dijo ella y se hizo a un lado para dejarlos entrar—. Estoy en proceso de volver a mi apellido de soltera, pero el maldito papeleo está tardando una eternidad, al menos eso es lo que me dice mi abogado.

Gavin se agachó bajo el marco bajo de la puerta y entró en un pasillo en forma de caja con suelo de piedra y tres puertas que conducían en diferentes direcciones.

—Vengan por aquí —dijo Ann, indicando la puerta a su derecha.

Al entrar en la habitación, escuchó a Laura emitir un jadeo bajo su aliento y se quedó un momento admirando la chimenea centenaria que ocupaba la mayor parte de la pared del fondo.

Apagada, y con troncos apilados a ambos lados de la rejilla, se estaba utilizando para exhibir jarrones de cristal llenos de lirios y gladiolos en colores vibrantes.

A través de la ventana frontal abierta, aún podía oler la lavanda y cuando miró a su izquierda, se habían incorporado puertas corredizas a una extensión del edificio original, que conducían a un área pavimentada y un jardín que a él le parecía que se extendía por kilómetros.

Laura se detuvo en medio de la sala de estar, sus ojos llenos de asombro. —Es un espacio precioso el que tiene aquí, señora…

—Ann. —La mujer frunció los labios y señaló dos sillones frente a la chimenea—. Por favor, tomen asiento. ¿En qué puedo ayudarles? Estoy segura de que Mike les ha dicho que ya no tengo nada que ver con el taller, así que realmente no sé por qué están aquí.

Gavin esperó hasta que Laura sacara su libreta de su bolso y tuviera un bolígrafo listo, luego dirigió su atención a la esposa de O'Connor, que estaba sentada en un sofá de dos plazas al otro lado de una alfombra ornamentada extendida sobre las viejas losas.

—Simplemente estamos recopilando información de fondo sobre el taller y su historia reciente para ayudarnos a entender por qué se descubrió el cuerpo de un hombre allí —comenzó—. ¿De quién fue la idea de comprar el negocio?

Ann apoyó el codo en el brazo del sofá. —De Mike.

—¿Cuál era el atractivo allí?

—Creo que estaba aburrido después de vender el restaurante y no hacer nada durante tres meses —dijo, luego soltó una risa amarga—. Nunca fue bueno para el golf.

—¿Pero por qué una concesionaria de coches usados?

Se encogió de hombros. —No lo sé. Creo que pensó que sería fácil después de dirigir un restaurante, y siempre fue bueno para las ventas. Es muy habilidoso cuando se trata de hablar con clientes potenciales.

—¿Y usted accedió a comprar el negocio con él?

—Él no podía permitirse comprar a Marcus Tavistock por su cuenta, y yo poseía la mitad de los ingresos de la venta del restaurante, después de todo. — Suspiró y pasó los dedos por la tapicería de felpa—. Parecía una buena idea en ese momento. Mirando hacia atrás, debería haber visto las señales.

—¿Señales? —dijo Laura, levantando la vista de su libreta.

—Sí. Descubrí que Mike estaba teniendo una aventura justo después de Halloween. Alguna mujer a la que le vendió un coche en las primeras seis semanas de dirigir el lugar.

Gavin podía escuchar la amargura en la voz de la mujer, y le dio un momento mientras sacaba un pañuelo de papel del bolsillo de su pantalón y se secaba los ojos.

—Lo siento. Todavía duele. Me siento tan estúpida. —Ann sorbió, parpadeó y luego levantó la mirada hacia él—. ¿Qué más quieren saber?

—Señora… Ann. Entendemos por Mike que él la compró el año pasado, pero que usted se ha puesto en contacto con él para pedirle más dinero. ¿Por qué es eso?

Sus ojos se endurecieron. —Porque todavía me debe dinero, ¿acaso no se lo dijo? Cuando iniciamos el proceso de divorcio en diciembre, me pagó la mitad de lo que yo había invertido en el negocio. Puede que esté enojada por su infidelidad, pero en el fondo soy una mujer de negocios, detective. Él necesitaba el resto para sobrevivir el invierno. Siempre quedamos en que me pagaría el saldo al final del año fiscal, a principios de abril. Ahora las cosas se están volviendo... más urgentes. Necesito el resto de ese dinero.

Gavin echó un vistazo a la habitación, a los alrededores lujosos y las obras de arte de buen gusto que adornaban la pared sobre la que estaba sentado, y luego volvió a mirar a Ann O'Connor. —¿Por qué?

—Porque mi editorial ha decidido no publicar un segundo libro de cocina mío. —El rostro de Ann decayó—. Las ventas de mi primer libro en los últimos seis meses no han sido muy buenas. Mis ingresos por regalías han disminuido, y estoy atada al contrato por otros ocho años, así que no puedo hacer nada al respecto. No puedo publicar nada que pueda considerarse competencia para lo que ya he hecho con ellos. Necesito el resto del dinero de Mike para poder iniciar un nuevo negocio propio. Aunque no sé qué. —Se estremeció—. No puedo enfrentarme a trabajar en otra cocina comercial otra vez. Ya no.

—¿Desea usted que Mike y usted no hubieran vendido el restaurante? —dijo Laura.

La otra mujer parpadeó. —¿Sabe qué? Solía pensar que sí, pero me gusta estar aquí. Disfruto de la paz y la tranquilidad. Sí, nos fue bien con ese negocio y tuvimos clientes encantadores, pero quiero hacer más con mi vida.

—Una última pregunta —dijo Gavin, metiendo la mano en el bolsillo para sacar su teléfono móvil y desplazándose por las imágenes—. Me gustaría que echara un vistazo a esta foto y me dijera si reconoce a este hombre.

Ella palideció. —¿Es... es el hombre muerto que encontraron en el taller?

—Sí. Estamos tratando de averiguar por qué lo llevaron allí.

Ann asintió, enderezó los hombros y se inclinó hacia adelante. —De acuerdo. Continúe.

Gavin giró el móvil, observando su rostro mientras su ceño se alzaba y luego se suavizaba.

Ella negó con la cabeza y se recostó. —No. Lo siento. No lo reconozco en absoluto. Nunca lo he visto en mi vida.

CAPÍTULO 14

—Entonces, ¿qué piensas? ¿Carl era el objetivo y Will simplemente estaba en el lugar equivocado en el momento equivocado, o qué?

Kay dio un sorbo a una lata de refresco y hojeó las páginas de su libreta mientras Barnes salía de Maidstone en coche. Su flequillo revoloteaba con la brisa que entraba por una rendija de la ventanilla del copiloto abierta.

—No apareció nada en ninguna de sus verificaciones de antecedentes —dijo él, frenando en un cruce en T antes de girar a la derecha—. Y nadie tiene nada malo que decir de ellos. Así que no puedo entender por qué serían el objetivo.

Kay suspiró y guardó la libreta mientras Barnes reducía la velocidad del coche al acercarse a las afueras del pueblo.

—Nunca me he encontrado con nada parecido a este caso.

—¿Cómo les va a Gavin y Laura?

—Laura me envió un mensaje para decir que han hablado con Ann O'Connor, y ahora se han separado para recorrer las otras tiendas de la ruta antes de que termine la tarde. Ninguno de los dos ha informado de nada todavía, pero le he pedido que se aseguren de solicitar las grabaciones de las cámaras de seguridad mientras recorren la lista, por si acaso.

—De acuerdo, allí está el lugar donde Carl hizo su última entrega. —Barnes señaló un estante de periódicos y un cubo que contenía ramos de flores en la acera unos metros más adelante, con el familiar logotipo de un mini supermercado estampado en un letrero verde brillante sobre la puerta—. Hay un espacio para aparcar por aquí.

Momentos después, Kay se detuvo en la acera y se protegió los ojos mientras miraba a lo largo de la calle hacia la tienda.

Divisó una cámara de seguridad en la pared de ladrillo sobre el letrero y otra en el lado opuesto de la calle más cerca de ella, sobre la entrada de una tienda de antigüedades.

Señalándolas mientras Barnes se unía a ella, levantó el pulgar hacia la cámara sobre la tienda de antigüedades por la que pasaron.

—Recuérdame que entremos allí después, Ian. Con

suerte, esa cámara tiene vista de la acera frente a la tienda de conveniencia.

—Parece que Carl habría aparcado en el lado opuesto de la calle a la tienda para descargar —dijo él mientras se acercaban—. No hay suficiente espacio frente a la puerta con todos esos estantes de exhibición.

—Así que habría habido un breve momento en que alguien podría haber rajado esos neumáticos. —Miró de reojo a un fox terrier atado a una farola fuera y le dio un amplio rodeo—. Bien, veamos qué podemos averiguar aquí.

Kay se hizo a un lado para dejar salir a un anciano de la tienda, con un periódico bajo el brazo y una bolsa de yute llena hasta el borde de verduras frescas, y por la manera animada en que el perro lo saludó, también había comprado algo del mostrador de carne anunciado en la puerta principal.

Dio un paso adelante antes de que las puertas de cristal electrónicas pudieran cerrarse deslizándose y vio dos cajas registradoras a su izquierda que estaban colocadas a ambos lados de un mostrador con pasteles y bollería.

Una mujer estaba parada en la caja más cercana, su figura rechoncha cubierta por un polo negro con el logotipo de la tienda y pantalones a juego, contrastando con un impactante cabello corto pelirrojo. Levantó una ceja cuando Kay se acercó.

—¿Puedo ayudarla?

—Inspectora Kay Hunter, y mi colega el oficial Ian Barnes. ¿Podría decirme su nombre, por favor?

—Alison North, soy la propietaria.

Kay hizo un gesto hacia los estantes que la rodeaban.

—Este lugar es más grande de lo que pensaba.

—Atendemos a este pueblo y dos aldeas, y cuidamos de nuestros clientes.

Kay notó el orgullo que teñía la respuesta de la mujer.

—Esperamos que pueda ayudarnos. Recibieron una entrega de alimentos congelados aquí el viernes por la tarde. ¿Podría confirmar a qué hora estuvo el conductor aquí?

—¿Carl? Llegó alrededor de las tres y media, como siempre. —Alison sonrió ampliamente—. Es uno de los más confiables.

—¿Dónde haría la entrega? ¿Por la puerta principal y…?

—Por allí. —Alison señaló por encima de los estantes—. Esa es nuestra área de almacenamiento en frío.

Kay siguió su mirada hacia una puerta abierta cubierta con persianas de plástico, junto a la cual había tres unidades refrigeradas del suelo al techo con puertas de cristal y un refrigerador abierto.

Los estantes estaban llenos de comidas preparadas

congeladas, bolsas de verduras y, en el refrigerador, quesos, refrescos y más.

—¿Solo hace una entrega a la semana? —dijo Barnes.

—Es prácticamente todo lo que necesitamos. —Alison golpeó la parte superior de la caja registradora con la mano—. Esto está conectado a un sistema central de inventario, así que podemos ver qué necesitamos pedir, qué es más popular por aquí... ahorra en desperdicios. Al dirigir un negocio como este, no quieres estar tirando nada. No te lo puedes permitir.

—¿Han tenido algún problema recientemente? ¿Algún problema con sus entregas? —dijo Kay.

—No, ninguno en absoluto. —Los ojos de Alison viajaron hacia un expositor de periódicos gratuitos en el mostrador, y luego se agrandaron—. Oh, Dios mío. ¿Carl era el hombre muerto que encontraron ayer?

—Sí, lo era. —Kay bajó la voz cuando una mujer entró en la tienda y miró fijamente a los dos detectives de traje en el mostrador antes de escabullirse hacia la selección de vinos al fondo—. La cámara de videovigilancia que tienen fuera, ¿se puede acceder a las grabaciones aquí, o tenemos que contactar con la oficina central?

—Espere, haré que Malcolm se lo muestre.

Con eso, Alison caminó hasta el final del mostrador y gritó el nombre del hombre.

Kay se giró para ver aparecer una figura robusta por

una puerta al final de una estantería llena de salsas para pasta y cereales.

—¿Sí? —dijo él, frunciendo el ceño.

—Detective Hunter, este es mi marido, Malcolm; él podrá mostrarles las grabaciones.

—Gracias.

Se presentó al hombre, teniendo que levantar la barbilla para encontrarse con sus ojos mientras una enorme mano estrechaba la suya en señal de saludo, y luego la de Barnes.

—Pasen a la oficina —dijo él—. ¿Qué es exactamente lo que necesitan?

Señaló un escritorio junto a un archivador abierto rebosante de papeleo, con un portátil abierto en un programa de contabilidad.

—Disculpen el desorden, es nuestro fin de año fiscal, así que estoy en medio de intentar tener todo listo para nuestro contable. ¿Están bien de pie? No puedo meter más sillas aquí.

—Estamos bien —dijo Barnes, y señaló la pantalla—. ¿La transmisión de la cámara se graba en eso?

—Sí. ¿Le oí decir algo sobre el viernes?

—Estamos tratando de localizar a su repartidor —dijo Kay—. Estamos investigando su asesinato.

Malcolm tragó saliva. —Ah, vale. Un momento.

Kay se mantuvo cerca del hombro del hombre mientras él se desplazaba por una lista de archivos en la parte izquierda de la pantalla.

—Carl estuvo aquí alrededor de las tres y media el viernes, así que ¿sería útil media hora antes de eso? —dijo finalmente.

—Perfecto. ¿Puede acelerar esto para que podamos verlo a doble velocidad o algo así?

—Aquí tiene.

El hombre le ofreció su silla a Kay, le mostró dónde estaba el botón de "reproducir" y se movió hacia la puerta. —Les daré algo de privacidad, solo llámenme cuando hayan terminado.

—Gracias.

Barnes se agachó junto a ella. —Bien, veamos qué tenemos aquí.

Kay ya estaba mirando fijamente la pantalla, observando los coches ocasionales que pasaban frente a la tienda mientras el reloj avanzaba en la esquina inferior derecha de las imágenes en blanco y negro.

Cuando el tiempo llegó a las tres y veinticinco, un camión cuadrado apareció en el lado izquierdo del encuadre de la cámara y se detuvo suavemente en la acera opuesta.

Su parte trasera desapareció de la pantalla una fracción antes de que el conductor encendiera las luces de emergencia.

—Aquí está —murmuró ella.

Carl Taylor abrió la puerta de la cabina y saltó al suelo con un movimiento practicado, luego se deslizó por el costado mientras otro coche pasaba.

Al llegar a la puerta trasera, abrió la puerta izquierda mientras un joven larguirucho se le unía.

—Ese es Will —dijo Barnes, con la voz apenas por encima de un murmullo.

—Ojalá hubieran aparcado más adelante, no puedo ver nada más allá de la puerta —dijo Kay, y luego contuvo la respiración.

Ver a los dos hombres riendo y bromeando juntos mientras Will bajaba un carrito al suelo antes de que empezaran a cargarlo con cajas trajo a su mente la cruda realidad de su peligrosa situación.

En cuestión de horas después de las imágenes ante sus ojos, ambos hombres estarían muriendo en circunstancias horrorosas.

—Parece demasiado joven para tener veintitantos —dijo Barnes, apoyando la barbilla en sus brazos mientras observaba.

Los dos hombres comprobaron si venía tráfico, luego cruzaron hacia la tienda. Una segunda cámara colocada sobre la caja registradora mostró a Carl saludando a Alison con la mano, y luego señalando la dirección de la cámara frigorífica a Will.

—Vigila la calle mientras yo los observo —dijo Kay.

Carl siguió a su joven aprendiz a lo largo de una estantería llena de paquetes de cereales y aperitivos salados antes de que desaparecieran de la vista.

Regresaron cinco minutos después, caminando tranquilamente por la tienda hacia la puerta.

—¿Algo? —dijo Kay mientras volvía su atención a la cámara que daba a la calle.

—Nada esta vez. —Barnes se puso de pie y estiró las piernas, sin apartar la mirada de la pantalla—. La siguiente carga está en camino.

Kay no se molestó en ver las imágenes del interior de la tienda esta vez, concentrándose en cambio en el camión aparcado en la calle.

Observó cómo Carl entraba en la parte trasera del camión, sus brazos apareciendo cada pocos segundos con una nueva caja de suministros que pasaba a Will.

Una vez que el carrito estuvo lleno, el aprendiz cruzó la calle hacia la tienda con él, Carl siguiéndole con los brazos cargados de dos cajas más.

—Ahí, ¿qué fue ese movimiento junto a la puerta? —Kay extendió la mano y pausó la grabación, encontró el botón para rebobinar y la detuvo cuando vio una sombra oscura deslizarse entre el lado izquierdo de la imagen y la puerta del camión.

—Hay alguien detrás del vehículo.

—Bueno, ambos neumáticos fueron rajados con un cuchillo, así que quien sea tiene que venir por este lado en un minuto.

—Más le vale darse prisa a quien sea, ya llevan tres minutos en esa cámara frigorífica.

Kay contuvo la respiración mientras los segundos pasaban.

La figura se deslizó a la vista de nuevo, y entonces una furgoneta azul oscuro pasó junto al camión en el mismo momento en que él se agachaba junto a la rueda del lado del conductor.

Para cuando el otro vehículo se había ido, también lo había hecho el hombre.

Barnes golpeó el escritorio con la mano. —¡Maldita sea, la furgoneta bloqueó la vista!

Kay suspiró. —Jesús, ¿es que no podemos tener un respiro?

—¿Qué quieres hacer ahora, jefa?

—Necesitamos las imágenes de esa tienda de antigüedades. Es la única manera de averiguar quién era ese.

CAPÍTULO 15

Kay introdujo la llave en la cerradura de la puerta principal, su mirada cayendo sobre los artículos que se alineaban en el pasillo junto a la escalera.

Un saco de comida para gatos, otro de arena para gatos y varios pequeños juguetes de peluche estaban colocados junto a cuencos de cerámica para comida y agua.

Al oír la voz de barítono de Adam en la cocina, se quitó los zapatos, colgó su bolso y chaqueta en el poste de la escalera y caminó descalza por el pasillo.

La puerta trasera estaba entreabierta, dejando entrar una brisa cálida que traía el aroma de la glicina que crecía sobre el cobertizo del jardín y el débil sonido del tráfico en la A20. Desde la sala de estar, uno de los álbumes favoritos de Adam sonando de fondo creaba un ambiente relajante.

Al entrar en la cocina, se protegió los ojos del repentino resplandor del escurridor, con el sol poniéndose sobre los tejados al final de su jardín reflejándose en el acero inoxidable, y luego se giró al escuchar un fuerte e indignado maullido.

Sus hombros se relajaron cuando el alto veterinario junto a la encimera de la cocina se volvió al sonido de sus pasos, con una sonrisa en su rostro y un diminuto gatito atigrado en sus manos.

Kay se detuvo. —De acuerdo, eso sí que es adorable.

—Pensé que te gustarían los visitantes de esta semana.

Ella se acercó a él, alzó la mano para acariciar su nuca mientras él se inclinaba para besarla, y enredó sus dedos en sus rizos oscuros.

—¿Mal día?

Ella suspiró. —Uno frustrante. ¿Cuál es la historia de este pequeño?

—Ella y sus tres hermanos fueron encontrados abandonados en una caja de cartón en el área de servicios de la M20 —dijo Adam, y frotó su dedo entre las orejas del gatito—. Por suerte alguien los rescató antes de que se alejaran demasiado y fueran atropellados. Los otros tres están en un corral en la sala de estar.

—¿En la sala? —Kay arqueó una ceja—. ¿No aquí?

—Hace más fresco allí en este momento. —Logró

una sonrisa tímida—. Además, podemos jugar con ellos mientras vemos la televisión, ¿no?

Ella se rio. —No creo que veamos mucho de eso con estos pequeños alrededor. ¿Cuánto tiempo los tendrás?

—El tipo de Protección de Gatos dice que vendrá el fin de semana para llevárselos. Le he enviado fotografías para que pueda añadirlas a la página de adopción, pero no estarán listos para eso por un par de semanas más. Necesitamos engordarlos primero.

—¿Están sanos?

Él asintió. —Parecen estarlo. Scott les hizo un examen exhaustivo en la clínica cuando llegaron, y le he dicho al centro de rescate que donaré nuestro tiempo más el costo de sus vacunas hasta que encuentren nuevos hogares.

Kay extendió la mano y le apretó el brazo. —Han tenido mucha suerte al encontrarte.

—Ah, ya me conoces, no puedo resistirme a un animal en problemas. —Bajó la mirada cuando el gatito se retorció en sus manos—. Está bien, puedes volver con tu hermana y hermanos.

—¿Quieres una copa de vino?

—Por favor, solo la pondré de vuelta en la jaula y nos sentaremos afuera si quieres. Está precioso allí.

—Suena bien.

Para cuando Adam se unió a ella en el patio, Kay estaba sentada en una de las dos sillas de ratán que habían sido entregadas la semana pasada, una frapera en la mesa a juego junto a ella y dos copas llenas de un chardonnay frío.

—Toma, pensé que podrías necesitar esto cuando el sol se ponga. —Le entregó una chaqueta de forro polar para correr que ella guardaba en el armario de abajo—. Te ves cómoda.

Ella sonrió. —No creo que tenga muchas oportunidades de hacer esto hasta que resolvamos este último caso. Pensé en aprovechar al máximo.

Metiendo los brazos en la chaqueta, se reclinó y chocó su copa contra la de él. —Salud. Porque cuatro gatitos encuentren pronto un buen hogar.

—Brindaré por eso.

Kay tomó un sorbo y enroscó sus piernas debajo de ella, quitando pedacitos de hierba de sus calcetines.

—Pareces reticente esta noche —dijo Adam después de unos momentos—. Supongo que este último caso es difícil, ¿no?

—Eso, y el hecho de que Sharp se va. —Suspiró—. Se muda a Northfleet esta semana. Ya no puede quedarse en Palace Avenue, según la comisario jefa.

—Lo echarás de menos.

—Sí. Es decir, sé que aún vendrá a ayudarme si lo necesito, y tendré que ir allí para las reuniones de gestión, pero no será lo mismo.

—¿Cómo lo tomarán los locales?

—Creo que me han perdonado por encerrar a uno de los suyos hace unos años. De todos modos, esperemos que sí a estas alturas. —Kay arrugó la nariz—. Supongo que pronto lo averiguaré, ¿no?

—¿Tendrás que asumir más del trabajo que Sharp estaba haciendo aquí en Maidstone?

—Tendré que hacer más conferencias de prensa locales por mi cuenta en el futuro, supongo. —Hizo una pausa, bajando su copa—. Hablando de eso, ¿por casualidad trajiste tu móvil contigo?

—Sí, aquí. ¿Qué buscas? —Adam presionó su pulgar contra la pantalla para desbloquearla, y luego se la entregó.

—Me perdí la rueda de prensa en las noticias más temprano. Sharp iba a hacer un llamado para obtener más información sobre los últimos movimientos de nuestra víctima, por si surge algo.

Su otra mitad arrugó la nariz. —Entonces vuestros teléfonos estarán ocupados mañana.

—Sí, y desafortunadamente la mayoría de las llamadas serán inútiles, pero nunca se sabe. —Kay encontró la aplicación de la emisora de noticias regional y bajó por los titulares hasta que encontró la conferencia bajo un titular que gritaba cebo de clics.

Hizo clic.

El video comenzó inmediatamente, con Sharp flanqueado por la comisario jefa, Susan Greensmith, y un oficial de medios cuyo rostro Kay no reconoció.

Después de repasar los hechos conocidos hasta la fecha, Sharp levantó la vista de la declaración preparada y miró directamente a la cámara.

—Pedimos a todos los miembros del público que informen sobre cualquier actividad sospechosa que puedan haber visto entre las cuatro y cuarto de la tarde del viernes hasta las ocho de la mañana del lunes —dijo, haciendo una pausa mientras se transmitía una fotografía bajo sus palabras—. Además, estamos tratando de localizar al dueño de este coche, abandonado en el estacionamiento del concesionario de coches usados donde se encontró el cuerpo del señor Taylor...

Kay dejó de prestar atención mientras Sharp leía el número de Crimestoppers.

En su lugar, su mirada se desvió hacia la condensación que corría por su copa de vino mientras pensaba en lo que Helen Taylor le había dicho...

—¿Kay?

Parpadeó, volviéndose hacia Adam. —¿Qué?

Él sonrió y señaló su móvil. —El vídeo ha terminado.

—Ah, sí.

—¿En qué pensabas?

—Solo en algo que nos dijo la esposa del repartidor. No se me ocurrió preguntar en ese momento. —Abrió sus contactos—. ¿Tienes el número de Ian aquí, verdad?

—Debería estar ahí.

—Vale. Solo tardaré un minuto.

Dio un sorbo de vino mientras la llamada se conectaba, y entonces la voz áspera de Barnes respondió.

—¿Diga?

—Ian, soy Kay. Se me acaba de ocurrir algo: nunca le pregunté a Helen Taylor sobre el fontanero.

—¿El fontanero?

—Sí. Dijo que Carl le pidió que saliera temprano del trabajo porque esperaba que llegara un fontanero.

—Ya…

—Pero nunca le pregunté si se presentó.

El silencio al otro lado de la línea se prolongó unos segundos mientras Barnes reflexionaba sobre sus palabras.

—¿Adónde quieres llegar con esto, jefa?

Frunció el ceño. —No estoy segura, pero creo que debería hablar rápidamente con ella por la mañana. Hay algo en eso que no puedo precisar.

—No hay problema. Te recogeré como estaba previsto, y si quieres hablar con ella en persona, podemos ir a su casa antes de hablar de nuevo con Mike O'Connor, si te parece.

—Gracias, Ian. Nos vemos mañana.

Mientras le devolvía el móvil a Adam, él arqueó una ceja.

—¿En qué estás pensando? —dijo, rellenando sus copas.

—Solo estoy atando algunos cabos sueltos —dijo Kay, y forzó una sonrisa—. Llámame paranoica.

CAPÍTULO 16

Los tacones de Kay crujieron sobre la grava de su entrada mientras un mirlo indignado graznaba desde su posición en el poste de la puerta cuando ella pasó apresuradamente, con el móvil en la oreja.

Frunció el ceño cuando el policía Aaron Stewart contestó el teléfono fijo de Helen Taylor.

—¿Aaron? Inspectora Hunter. ¿Qué pasó con el oficial de enlace familiar?

Él soltó un pequeño resoplido. —No había ninguno disponible, jefa. Yo tengo la formación, así que me ofrecí voluntario.

Kay puso los ojos en blanco, luego levantó la mano en señal de saludo cuando el coche de Barnes apareció en la curva del camino y se detuvo frente a su casa. —Espera, Barnes acaba de llegar. Te pondré en altavoz.

Momentos después, estaban en marcha y ella sostuvo su móvil para que Barnes pudiera oír.

—Aaron, cuando hablamos con Helen ayer, mencionó que Carl la llamó al trabajo el viernes por la mañana y le pidió que saliera temprano. Le dijo que había concertado una cita con un fontanero para arreglar algo. ¿Podrías preguntarle si se presentó?

—Lo haré. Un momento.

Se oyó un suave crujido cuando el agente dejó el teléfono, y Kay pudo escuchar voces bajas de fondo mientras hablaba con Helen Taylor. Volvió en menos de treinta segundos.

—¿Jefa? La señora Taylor dice que nunca se presentó.

Kay se mordió el labio. —No tendrá un número de teléfono de él, ¿verdad?

—No, dice que nunca han tenido que llamar a uno antes, así que Carl lo arregló todo y simplemente la llamó cuando hizo la cita.

—¿No le dijo cuál era el problema?

—No, y ella se olvidó de preguntarle.

Kay agradeció a Aaron, terminó la llamada y sostuvo el móvil en su mano, con la mirada perdida por la ventanilla del pasajero.

—¿Qué piensas, jefa?

Se volvió para mirar a su colega mientras se acercaban al final de la carretera que salía de su barrio.

—Vamos primero a Sittingbourne. Quiero hablar con los jefes de Helen.

Barnes frunció el ceño. —¿Adónde quieres llegar con esto?

Esperó mientras él maniobraba la sinuosa carretera alrededor de tres rotondas y no habló hasta que el coche subía la colina alejándose de Maidstone.

—Bien, esto es lo que me molesta, Ian. Carl Taylor desapareció el viernes por la tarde. Llamó a su esposa seis horas antes, diciéndole que necesitaba volver a casa porque había concertado una cita con un fontanero. Pero el hombre no se presentó.

—Bien… —la voz de Barnes se alargó, y se arriesgó a mirarla de reojo—. ¿Y?

—Es una posibilidad remota, pero no tenemos nada más en qué basarnos de momento, no hasta que tengamos los resultados de la autopsia. ¿Y si Carl estaba tramando algo? ¿Y si se dio cuenta de que estaba fuera de su alcance y pensó que Helen estaba en peligro? —Kay exhaló—. ¿Y si quería que ella volviera a casa lo antes posible? ¿Y si pensaba que la estaban vigilando en el trabajo? Es decir, él desapareció mientras estaba en su ruta de reparto, ¿no?

—¿Así que mintió para sacarla del peligro, quieres decir?

—Exactamente.

Las líneas de preocupación permanecieron, arrugando su frente. —Es un poco rebuscado, jefa.

—Necesito asegurarme. En todo caso, necesito descartarlo. No puedo dejar de darle vueltas en mi cabeza.

CAPÍTULO 17

Las oficinas de Palmer and Twick Solicitors ocupaban el segundo piso de un edificio de oficinas construido en los años 60 que se acurrucaba entre una mercería abandonada y una próspera panadería.

El estómago de Kay rugió cuando el aroma del pan y los pasteles recién horneados se extendió por la acera hasta donde ella estaba parada.

Le lanzó una mirada de reojo a Barnes. —No lo digas.

—Ni se me ocurriría. Mejor compramos algo a la salida, ¿no? No podemos permitir que te desmayes en el trabajo.

Su boca se crispó mientras levantaba la mirada hacia los ladrillos sucios del edificio de oficinas y la mugrienta exhibición de botones en el intercomunicador junto a la desgastada puerta principal.

—Dios, necesitas guantes para tocar ese maldito timbre. —Barnes extendió la mano y usó el nudillo de su dedo índice para presionar el botón marcado para los abogados, y retrocedió cuando un zumbido furioso salió del altavoz.

Hubo un traqueteo al otro lado, luego una voz femenina alegre, en contraste con el entorno sombrío, se filtró hasta donde estaban parados.

—Palmer and Twick, ¿en qué puedo ayudarles?

—Inspectora Kay Hunter y mi colega, el oficial Ian Barnes. Nos gustaría hablar con el jefe de Helen Taylor, por favor.

Se escuchó un clic cuando se liberó el mecanismo de la cerradura de la puerta.

—Suban las escaleras, segundo piso. La recepción está a su derecha.

Un leve olor a moho se aferraba al achaparrado vestíbulo cuando Kay siguió a Barnes al interior del edificio.

Una escalera a su izquierda estaba mal iluminada mientras que el pasillo que conducía hacia la parte trasera del edificio parecía no haber sido pintado en al menos tres décadas. Un brillante letrero de salida de emergencia era la única indicación de que el edificio aún se consideraba habitable.

—Al menos el alquiler es barato —murmuró Barnes mientras lideraba el camino escaleras arriba.

—Eso esperarías. —Kay mantuvo las manos en los

bolsillos, sin querer arriesgarse a colocarlas en el pasamanos y arrugó la nariz mientras miraba las manchas en la alfombra deslucida.

Dos pisos más arriba, alzó una ceja.

La puerta de Palmer and Twick era de aluminio y vidrio con el nombre de la firma de abogados grabado en el panel esmerilado en una placa de latón ondulante. El picaporte estaba pulido hasta un alto brillo, y cuando Kay entró notó flores frescas dispuestas en un jarrón sobre el mostrador de recepción.

La oficina era luminosa, espaciosa y en marcado contraste con el resto del edificio que había encontrado.

Dirigió su atención a la mujer de unos veinte años que la miraba por encima de la pantalla de un ordenador con una expresión curiosa.

Kay mostró su placa. —Inspectora Hunter.

—Le avisaré a Matthew que quieren hablar con él —dijo la recepcionista—. Tienen suerte, hoy es un día tranquilo.

—Gracias.

Barnes deambuló hacia una gran ventana dividida en dieciséis paneles mientras la mujer levantaba el teléfono y hablaba en voz baja, y cuando Kay se unió a él, inclinó la barbilla hacia la calle.

—Si estaban vigilando a Helen, hay un par de lugares —murmuró—. El estacionamiento público al otro lado de la calle, o el pórtico del edificio que ha sido tapiado en la esquina.

—Veamos qué pasa —dijo Kay—. Si es necesario, solicitaremos las imágenes de las cámaras de seguridad.

—¿Detective Hunter?

Se giró al oír una voz masculina y vio a un hombre de unos sesenta años avanzando hacia ella con la mano extendida.

—Matthew Twick. —Unos penetrantes ojos azules asomaban bajo una mata de cabello blanco mientras el abogado le estrechaba la mano, luego hizo lo mismo con Barnes—. Pasen a mi oficina. ¿Les gustaría tomar algo?

—Estamos bien, gracias. —Kay lo siguió a través de una puerta a la derecha del área de recepción y tomó asiento en una de las dos sillas para visitantes que él indicó.

La oficina tenía el familiar olor a humedad de los papeles acumulados a lo largo de los años. Las estanterías estaban llenas de tomos legales encuadernados en piel, y una plétora de certificados enmarcados colgaban de la pared detrás del escritorio de roble de Twick.

Se hundió en una suave silla de cuero detrás del escritorio y juntó las manos frente a él. —Qué impactante enterarse sobre el esposo de Helen.

—¿Cuándo se enteró?

—Uno de sus oficiales nos llamó esta mañana desde su casa. Le dije que si había algo que pudiéramos hacer…

Aaron, pensó Kay.

—Entendemos que Helen salió temprano del trabajo el viernes —dijo ella—. ¿Podría confirmar a qué hora?

Las pobladas cejas de Twick se juntaron. —Alrededor de la una, creo. Normalmente toma su descanso para almorzar al mediodía, así que sugirió saltárselo para poder irse. Su esposo llamó para decir que había tenido que llamar a un fontanero, aparentemente.

Kay esperó mientras Barnes anotaba el detalle, luego volvió su atención al abogado. —¿Helen ha tenido algún problema en el trabajo últimamente?

Las cejas se alzaron. —¿Helen? Dios mío, no. Una empleada modelo. Ha estado trabajando para mí desde hace unos seis años.

—Lo que quiero decir es, ¿ha parecido nerviosa por algo últimamente?

—No, en absoluto. —Se aclaró la garganta—. Feliz, diría yo. Creo que estaban planeando un viaje a Londres para ver un espectáculo este sábado, por lo que recuerdo de una conversación la semana pasada. Eran personas normales. Es lo que hace que lo que le ha pasado a Carl sea aún más impactante.

—Señor Twick, ¿han tenido problemas últimamente con clientes descontentos u otros que pudieran tener motivos para amenazarlos a usted o a su personal?

La mandíbula del abogado cayó. —No, no que yo sepa, y puedo asegurarle que tomaríamos muy en serio cualquier tipo de amenaza, detective. Tanto Helen como Sophie (mi recepcionista, la han conocido) saben que pueden venir a hablar conmigo sobre cualquier problema que puedan tener, y ninguna de ellas me ha dicho que haya sido amenazada.

Kay reprimió un suspiro, dándose cuenta de que su corazonada había sido errónea, y se levantó de la silla.

—Entonces no ocuparemos más de su tiempo, señor Twick. Gracias.

—No hay problema, detective Hunter. Vengan, los acompañaré a la salida.

Abrió la puerta y les indicó a ella y a Barnes que pasaran delante de él, y los siguió hasta el área de recepción.

—Gracias de nuevo, señor Twick. —Barnes estrechó la mano del hombre, asintió a la recepcionista, y luego se dirigió a la puerta.

Kay iba a seguirlo, pero se detuvo y miró por encima del hombro.

Twick y su recepcionista estaban conferenciando sobre un documento que Sophie le mostraba, con las cabezas inclinadas.

Ella se aclaró la garganta y ambos levantaron la vista.

—Una última pregunta: ¿alguien llamó preguntando por Helen después de que se fuera el viernes por la tarde?

La mirada de la recepcionista se desvió hacia Twick y luego volvió. —Sí. Un hombre llamó a las cuatro. Quería hablar con ella, pero le dije que no estaba disponible.

—¿Dijo algo más?

—Preguntó si iba a volver.

—¿Fueron esas sus palabras exactas?

—Sí.

—¿Qué le respondió usted?

—Le dije que se había ido temprano a casa y que podía dejarle un mensaje. —Hizo una pausa, su expresión cambió a una de cansada determinación—. Pero cuando terminé de hablar, ya había colgado. Algunas personas no tienen modales, ¿verdad?

Kay forzó una sonrisa. —No hay problema. Muchas gracias a los dos por su ayuda.

—No dude en llamar si necesita algo más, detective Hunter —dijo Twick.

Ya en la calle, Kay se alejó de la entrada del edificio y se detuvo frente al aparcamiento público. —Así que alguien estaba controlándola. ¿Te fijaste en la frase que usó? "¿Va a volver?"

—La estaba vigilando.

—Exacto. Y parece que metió la pata. Ella salió de la oficina mientras él no estaba mirando.

—Tenías razón, jefa —murmuró Barnes mientras caminaban de vuelta al coche—. Carl debió mentir para protegerla.

Kay se detuvo cuando llegaron al vehículo y miró hacia atrás, a la oficina de los abogados.

—Así es, Ian. Y creo que le salvó la vida.

CAPÍTULO 18

Barnes se abotonó la chaqueta, metió su teléfono móvil en el bolsillo interior y cerró el coche.

Sobre su cabeza, junto a la entrada del concesionario, un letrero metálico se balanceaba de un lado a otro con la corriente de aire de un camión articulado que pasaba, las letras pintadas de O'Connor's Used Car Sales destacaban sobre un fondo azul oscuro.

El patio estaba en silencio, desprovisto de gente excepto por él y Kay mientras caminaban hacia la oficina de ventas. El vehículo color granate donde se había descubierto el cuerpo de Carl Taylor había desaparecido, y el espacio a su lado también estaba vacío.

El patio de hormigón parecía haber sido recientemente lavado a presión.

No había habido sangre, ni rastros de lo que le hubiera sucedido a Taylor, así que la tarea parecía inútil.

Tal vez Mike O'Connor y su joven ayudante a tiempo parcial sentían que al lavar el lugar estaban eliminando el recuerdo de los horrores que los habían visitado a principios de esa semana.

Barnes suspiró y volvió su atención a la oficina.

El lugar estaba en silencio y el escritorio que Kevin Short había usado mientras hablaban con él ayer estaba libre de papeles, la pantalla del ordenador vacía de actividad.

Mientras sus ojos se acostumbraban al interior sombrío, notó a O'Connor en su escritorio a la derecha del pequeño espacio, apoyando la barbilla en sus manos mientras los observaba.

—Desde que los reporteros dejaron de llamar, los teléfonos han estado muertos —dijo, con la mirada baja—. No sé si el negocio se recuperará alguna vez de esto.

Barnes arrastró una silla de visitante hacia él, luego sacó su libreta y la equilibró sobre su rodilla. —Tenemos algunas preguntas más de seguimiento que nos gustaría hacerle, señor O'Connor.

El vendedor de coches usados levantó la barbilla y le hizo un gesto con la mano. —Adelante. Mi agenda parece estar libre por el resto del día.

Notando el rencor del hombre, Barnes le lanzó una mirada comprensiva antes de comenzar su interrogatorio. —Señor O'Connor, ¿ha recibido alguna amenaza en el transcurso de las últimas semanas?

El otro hombre parpadeó, luego se enderezó en su asiento. —No. Ninguna en absoluto. ¿Cree que ese hombre, Carl, ¿era?, fue dejado ahí afuera como una especie de advertencia para mí?

—No puedo comentar sobre eso en este momento — dijo Barnes con suavidad—. ¿Está absolutamente seguro? ¿Alguna llamada telefónica amenazante, o algo en el correo quizás?

—Nada de eso, no.

—Entendemos que el negocio le debe a su ex esposa una cantidad sustancial de dinero. ¿Podría decirnos por qué no le ha devuelto el dinero?

O'Connor miró con enojo ante el cambio de táctica, luego miró a Kay. —¿Qué tiene eso que ver?

—Por favor, responda la pregunta, señor O'Connor —dijo ella, alejándose de un expositor de folletos de accesorios para coches para pararse junto al hombro de Barnes.

—Porque no puedo pagarle, no todavía. —O'Connor suspiró y se frotó las palmas en el escritorio, alisando el polvo imaginario—. No le he dicho a Ann, pero estoy tratando de vender el negocio. Cometí un error al comprarlo en primer lugar, para ser honesto.

—Continúe —dijo Barnes.

—No lo estoy disfrutando. Pensé que lo haría, me

aburrí tres meses después de que vendiéramos el restaurante. Supongo que saben sobre eso, ¿no? He estado tanteando el terreno para este lugar. Iba bastante bien antes de todo esto, así que esperaba no perder mucho de la inversión original. Había negociado un buen precio con alguien a principios de la semana pasada después de algunas negociaciones entre él y otra parte interesada, pero me llamó a casa anoche. Se ha echado atrás. —Resopló, con las mejillas sonrojadas—. Cristo, lo siento, eso suena crudo en estas circunstancias. Me dijo que no va a seguir adelante con la compra debido a toda la publicidad negativa alrededor de lo que ha sucedido.

—Lamento escuchar eso, señor O'Connor —dijo Barnes.

O'Connor se encogió de hombros. —Es lo que es. Llamé al otro comprador potencial esta mañana. No ha perdido el interés, pero ha hecho una oferta más baja. Puede que tenga que aceptar eso para poder pagarle a Ann. Al menos de esa manera, puedo dejar atrás todo este lío sin perder demasiado dinero.

—¿Dónde está Kevin hoy? —dijo Kay.

—En casa, supongo. Le dije que se tomara el resto de la semana libre, así que si no tiene que ir a la universidad...

—¿Sabe él que el negocio está a la venta?

—Dios, no. Para ser honesto, espero que se quede una vez que se venda. El tipo que hizo la oferta más baja es un comerciante individual, le iría bien quedarse con el chico si el negocio vuelve a repuntar.

—Por lo que está diciendo, supongo que no hay nada malo en el historial laboral de Kevin —dijo Barnes.

—Nada en absoluto. Ojalá todos fueran así —dijo O'Connor—. El ultimo par de adolescentes que tuvimos trabajando para nosotros cuando teníamos el restaurante eran una pesadilla de tratar. Siempre en sus malditos móviles.

—Necesitaremos una nota de sus dos compradores… —Barnes levantó una mano cuando O'Connor comenzó a protestar—. Es una formalidad, eso es todo. Como puede apreciar, con una investigación de asesinato necesitamos hablar con todos los relacionados con este negocio.

—Si deben hacerlo. —O'Connor palideció, pero revisó la lista de llamadas recientes en su teléfono móvil y leyó los detalles.

Barnes dibujó dos líneas bajo su escritura y cerró de golpe la libreta. Poniéndose de pie, dio un breve asentimiento. —Gracias por su tiempo, señor O'Connor.

—Pueden retirarse.

Momentos después, Barnes pasó junto a un hatchback gris de dos puertas y se dirigió hacia el coche del grupo, con Kay a su lado. —¿Qué opinas, jefa?

—Hay que sentir lástima por el pobre diablo, ¿no?

—La gente comete errores. Supongo que pensó que

hacer esto sería un cambio después de dirigir un restaurante y una forma de mantener su mente activa. —Barnes giró la llave en el encendido—. Maldita lástima que la venta se haya caído.

—Tal vez. —Kay abrochó su cinturón de seguridad mientras él se incorporaba a la carretera y saludaba con la mano a un conductor de mensajería que lo dejó entrar en el flujo de tráfico—. Quiero hablar con estos dos compradores lo antes posible, Ian.

—¿En persona o por teléfono?

—En persona.

Barnes se rio entre dientes. —¿No crees a O'Connor sobre la venta que se está llevando a cabo para poder pagarle a su esposa?

—No —dijo Kay—. No es eso.

Él la miró de reojo, notando cómo su mirada se perdía en la distancia mientras reflexionaba sobre los pensamientos que rondaban por su cabeza. —¿Qué pasa, jefa?

—¿Y si alguien dejó un cadáver en el negocio de O'Connor para poder comprarlo a precio de ganga?

CAPÍTULO 19

Kay recorrió con la mirada a su equipo de oficiales, notando la emoción palpable en el aire mientras tomaban asiento y se reunían para la sesión informativa de la tarde.

El ritmo de la investigación había cambiado a medida que diferentes piezas del rompecabezas comenzaban a tomar forma, revelando vislumbres tentadores de las últimas horas de Carl y Will.

Las conversaciones murmuradas que iban y venían tenían una energía diferente, una que le provocaba escalofríos en los antebrazos y aceleraba su ritmo cardíaco.

—Bien, empecemos —dijo, revisando sus notas—. Recordareis de la declaración de Helen Taylor que Carl la llamó al trabajo el viernes por la mañana pidiéndole que saliera temprano porque había organizado la visita de un fontanero. Ella confirmó hoy temprano que él nunca apareció. Barnes y yo fuimos a hablar con los empleadores de Helen, un bufete de abogados en Sittingbourne.

Hizo una pausa y señaló una fotografía clavada en el tablero de corcho, una imagen borrosa en blanco y negro de cámaras de videovigilancia de un hombre vestido con vaqueros, botas pesadas y una camiseta de color oscuro.

—La recepcionista de Palmer and Twick nos dijo que un hombre llamó el viernes por la tarde después de que Helen se fuera, preguntando si ella volvería. Sophie, la recepcionista, le informó que no regresaría hasta el lunes, y él colgó. —Kay hizo una pausa, observando los rostros absortos de su equipo—. La frase que usó el que llamó, "¿va a volver?", nos hizo preguntarnos si alguien estaba vigilando su lugar de trabajo y se había perdido su salida. Esta imagen nos fue enviada por nuestros colegas de la División Este hace una hora, junto con una grabación de video de este mismo hombre merodeando fuera de las oficinas de Helen el jueves también.

—¿Sabemos quién es? —dijo Laura.

—Aún no. Como podéis ver, el ángulo de la cámara no es bueno y la calidad de la imagen tampoco. Ni Matthew Twick ni su recepcionista lo reconocen. La División Este está hablando con negocios locales a lo largo de esta calle para averiguar si alguien lo reconoce. No tendremos los resultados de eso hasta mañana por la tarde, dado que su carga de trabajo es tan mala como la nuestra. —Kay exhaló mientras miraba la fotografía—. Basándonos en esto, sin embargo, y en lo que le sucedió a Carl y Will, estamos pensando que Taylor le dijo a su esposa que saliera temprano del trabajo para protegerla. ¿Quién está haciendo las verificaciones de antecedentes sobre ella?

—Yo, jefa. —Debbie West levantó la mano, luego bajó la mirada a su libreta y pasó las páginas—. Al igual que Carl Taylor, Helen nunca ha llamado nuestra atención antes: sin infracciones de tráfico, sin multas sin pagar. Ha estado trabajando en Palmer and Twick durante casi seis años y antes de eso estaba basada en una firma más grande en Ashford. Hace dos años obtuvo un diploma en gestión empresarial a través de una universidad en línea. Sus perfiles de redes sociales tampoco me dieron ningún motivo de preocupación, jefa. —La policía bajó su libreta y suspiró—. Eso es todo, me temo.

—Gracias, Debbie. —Kay pasó el dedo por las notas en su mano, luego miró hacia arriba—. ¿Algo de la tienda de antigüedades sobre su metraje de cámara? Cuando Barnes y yo hablamos con el dueño ayer, iba a enviar un enlace.

—Tengo algo para ti sobre eso. —Phillip Parker se acercó al frente del grupo y le entregó a Kay un par de fotografías, antes de volverse hacia el tablero y fijar copias ampliadas—. Estas son las mejores imágenes fijas que pude obtener de los archivos de imágenes que envió. Pueden ver en esta primera que hay alguien agachado junto a la rueda trasera del camión en el lado opuesto de la calle. La siguiente muestra una vista de la calle cuando la misma persona se está inclinando sobre el otro neumático trasero mientras pasa un coche.

Kay alternó entre las dos fotografías en sus manos, luego frunció el ceño. —Esto es genial, Phillip, pero desafortunadamente no nos ayuda. Todavía no podemos ver las facciones del hombre.

Parker se sonrojó, luego levantó una tercera fotografía. —Pero tenemos esta. Es una motocicleta que pasa por la tienda de antigüedades aproximadamente un minuto y medio después de que esa persona se aleja del camión. Y muestra una matrícula parcial.

Un silencio atónito siguió a sus palabras antes de que una cacofonía de voces llenara la sala de incidentes.

—Gracias a todos —llamó Kay, y levantó la mano—. Bien, Phillip, si aún no lo has hecho, comienza a intentar hacer coincidir ese número con motocicletas registradas en el área. Trabaja con Debbie si necesitas un par de manos extra, pero me gustaría una actualización en la sesión informativa de mañana.

—Lo haré, jefa.

—Y envía todos esos archivos de imágenes al equipo forense digital. Tal vez Andy Grey y su equipo puedan limpiarlos un poco más. —Kay se volvió para despedir al equipo, luego vio al sargento Wallace levantar la mano—. ¿Sí, Tim?

—¿Qué hay de Carl Taylor, jefa? ¿Sabemos si murió en la parte trasera de ese camión, o fue asesinado y luego dejado dentro del coche robado? —dijo Wallace, su voz elevándose sobre el crujido del papel mientras la gente se ponía de pie y las sillas se arrastraban por las delgadas baldosas de la alfombra.

Un silencio descendió como si todos contuvieran la respiración.

—Aún no. —Kay suspiró—. Lucas está haciendo la autopsia mañana por la mañana, así que esperemos que encuentre algo que nos ayude.

CAPÍTULO 20

—Jesús, jefa. Empiezo a pensar que Adam tiene razón en no dejarte cerca de los cuchillos de cocina.

Kay siguió la mirada de Barnes hacia los arañazos que se entrecruzaban en el dorso de sus manos y dedos, y sonrió.

—Adam trajo gatitos a casa. Estuvimos jugando con ellos anoche.

—Esa es tu versión.

Ella se rio, agradecida a su colega por la oportunidad de aliviar los pensamientos previos a la autopsia de esa mañana, y se abrochó el cinturón de seguridad mientras él sacaba el coche de su camino de entrada.

Giró hacia la calle principal que serpenteaba por el suburbio y ella observó un flujo constante de escolares de diversas edades que caminaban hacia una parada de autobús frente a un concurrido supermercado y gasolinera.

Jóvenes madres con cochecitos y carritos se demoraban en la acera, deteniéndose a charlar mientras caminaban con niños mayores que pateaban piedras o jugaban en su camino hacia el jardín de infantes y las escuelas.

La ropa brillante y los colores familiares de los uniformes escolares locales se difuminaron cuando Barnes aceleró sobre la ligera elevación, y Kay volvió su atención a su colega.

—Me resulta difícil esta parte —dijo—. Todo parece normal ahí fuera, y aquí estamos de camino a presenciar una autopsia.

—Sé a qué te refieres. —Indicó a la derecha, se unió a la cola de tráfico que conducía al enlace de la autopista y bajó el volumen de la radio policial fijada al salpicadero hasta que el crepitar de las voces se desvaneció en el fondo—. La única forma en que puedo lidiar con ello, siempre ha sido así realmente, es pensar que es un paso más hacia la justicia para el pobre desgraciado.

Kay se mordió el labio.

—Solo espero que Lucas encuentre algo. Aparte de una fotografía borrosa de un hombre que podría haber estado investigando a Helen Taylor y que él u otra persona rajó los neumáticos del camión de Carl, no tenemos nada, ¿verdad?

Una hora después, Barnes giró hacia la entrada del Hospital Darent Valley y encontró un espacio libre de estacionamiento en la parte trasera de uno de los edificios reservados para visitantes.

Se apresuraron a través de la entrada sur hacia el edificio y subieron un tramo de escaleras en lugar de esperar el ascensor, Kay encabezando el camino hacia la morgue a través de un juego de puertas de madera con paneles de vidrio verticales.

Simon Winter se giró cuando entraron y les tendió un libro de registro de visitantes.

—Hemos terminado de preparar todo allí, así que si queréis ir a poneros el equipo, os esperaremos.

Kay anotó su nombre en el registro y luego siguió a Barnes por un estrecho pasillo.

—Te veré allí, Ian.

—De acuerdo, jefa.

Al entrar en el vestuario de mujeres, colocó su bolso y la chaqueta del traje en un casillero y se guardó la llave en el bolsillo. Habían dejado una pila de batas protectoras selladas en bolsas de plástico sobre una pequeña mesa junto a la puerta y abrió una antes de ponerse la voluminosa prenda sobre su blusa y pantalones.

Una vez hecho esto, se recogió el cabello con una banda elástica, se puso un gorro protector sobre la cabeza y se colocó los guantes y cubrezapatos que quedaban en la bolsa de plástico.

Salió del vestuario y vio a Barnes delante de ella, sus pies deslizándose por las baldosas pulidas con cubrezapatos iguales a los suyos.

—Siempre te encuentro tan atractivo con eso —dijo mientras se unía a él—. Está muy de moda ahora mismo.

Él sonrió.

—¿Pero hace que mi trasero se vea grande?

—Enorme. —Empujó la puerta de la morgue y se detuvo en el umbral junto a él.

Lucas y Simon habían colocado el cuerpo de Carl Taylor sobre una camilla de acero en el centro de un conjunto de tres, con el cuello del hombre apoyado en un soporte de goma y sus manos a los lados, con las palmas hacia abajo.

Luces brillantes colgando del techo iluminaban el área de trabajo de Lucas, con herramientas, sierras y taladros relucientes.

Un escalofrío flotaba en el aire, y Kay se estremeció.

—¿Comenzamos? —dijo Lucas, sus ojos marrones agudos parpadeando hacia Barnes y luego de vuelta a ella.

—Más vale —murmuró Barnes, acercándose más.

—¿Cuánto tardó en descongelarse? —dijo Kay, su mirada recorriendo las marcas azules y negras que cubrían las manos, pies y otras extremidades de Taylor.

—Hasta las nueve de anoche —dijo el patólogo forense—. Simon se quedó aquí hasta que estuvimos seguros; tuvimos que tener cuidado de elevar su temperatura hasta un punto en el que pudiéramos realizar un análisis de tejidos blandos pero evitar una mayor descomposición. Will tardará otras veinticuatro horas.

Kay parpadeó, luego enderezó los hombros.

Se lo debía a ambas víctimas: observar, escuchar, aprender.

Era la única manera de averiguar qué les sucedió a ambos el viernes y por qué alguien los dejó morir congelados.

—Puedo confirmar la lividez —dijo Lucas, usando su dedo meñique para señalar las manchas en la piel del hombre—. Cuando murió, cayó sobre su lado izquierdo, pero cuando lo movieron y lo colocaron en el vehículo donde fue encontrado, lo pusieron sobre su lado derecho. Ahora, en cuanto a la decoloración que ven en sus dedos, dedos de los pies y, ejem...

Kay vio a Barnes hacer una mueca cuando Lucas agitó sus manos sobre los genitales del hombre muerto.

—¿Es eso congelación?

—Exactamente. A menudo es la primera señal de problemas cuando la temperatura corporal de alguien está bajando.

—¿Cuánto tiempo toma eso? —dijo Barnes después de aclararse la garganta.

—No tanto como pensarías. Dependiendo de la temperatura, cualquier cosa desde ochenta segundos hasta dos minutos. Así es como nuestros cuerpos comienzan a reducir el suministro de sangre a nuestra piel para preservar los órganos vitales. Sus dedos se ven peor porque se congelaron más rápido; si hubiera estado usando guantes, verías un poco menos de daño en el tejido, lo mismo con sus genitales.

—Solía trabajar para una compañía petrolera en Alaska como médico antes de trabajar aquí —dijo Simon, bajando el portapapeles en su mano—. El cirujano allí solía hacer dos o tres amputaciones de dedos a la semana durante un invierno malo.

—Jesús —murmuró Kay—. Entonces, ¿incluso si alguien los hubiera encontrado y rescatado, Carl podría haber perdido sus dedos debido a la congelación de todos modos?

—Exactamente. —Lucas cogió un bisturí—. Encontramos rastros de algún tipo de material bajo sus uñas, quizás residuos de plástico. También se puede ver dónde el lecho ungueal estaba sangrando, lo que me confirma que tenías razón y que estaba intentando arañar para salir de la parte trasera de ese camión. Sin embargo, no habría podido mantenerlo por mucho tiempo. La congelación habría comenzado a afectarle y, aunque los temblores te mantienen caliente por un tiempo, consumen mucha energía.

—Se habría cansado rápidamente —dijo Kay—. Y no tiene sobrepeso, ¿verdad?

—A pesar de lo que la gente piensa, la grasa no

ayuda. Habría seguido perdiendo calor, y una vez que su temperatura corporal central cayera por debajo de los treinta grados Celsius, habría perdido el conocimiento.

Los ojos de Kay se desviaron hacia los de Taylor, un velo lechoso cubría los que alguna vez fueron iris brillantes. —Toda su expresión es de terror, ¿no es así?

—Habría estado luchando por su vida, detective, eso es seguro. —Lucas se movió hacia el pecho del hombre, con el bisturí listo—. Ahora, veamos qué más puede decirnos.

Kay apartó la mirada cuando Lucas y Simon se concentraron en su trabajo, y notó que Barnes revisaba mensajes de texto cuando un gran serrucho comenzó a zumbar.

Ella quería (necesitaba) respuestas, pero había algunos aspectos de una autopsia a los que nunca se acostumbraría.

Poco más de dos horas después, todo había terminado.

Simon estaba sentado en un taburete a un lado de la sala junto a una mesa de acero galvanizado, etiquetando varias muestras que se habían tomado mientras Lucas terminaba de coser el pecho de Carl Taylor.

—Bien —dijo finalmente el patólogo, quitándose los guantes antes de arrojarlos a un contenedor de residuos biológicos y dirigiéndose a un lavabo—. Puedo confirmar que la causa de la muerte fue que nuestro hombre se congeló en ese camión refrigerado, así que anotaré hipotermia en mi informe. Hay moretones alrededor de sus brazos y uno en el muslo también, así que no entró por voluntad propia.

—¿Estaba consciente cuando lo pusieron allí? —preguntó Barnes, con el rostro más pálido que cuando había entrado en la sala.

—Oh, sí —dijo Lucas, elevando la voz sobre el sonido del agua que salía de los grifos mientras se frotaba las manos. Se echó más jabón en los dedos—. No hay señales de lesiones en la cabeza.

—Alguien quería que sufriera —dijo Kay, apretando la mandíbula—. Malditos.

CAPÍTULO 21

Kay revolvió la pila de carpetas manila apiladas en la bandeja en la esquina de su escritorio y maldijo por lo bajo.

Su pantalla de ordenador y teclado estaban cubiertos de notas adhesivas de colores, solicitudes urgentes de devolución de llamadas y mensajes de los miembros de su equipo. El escritorio había sufrido más desde que ella y Barnes salieron de la sala de incidentes esa mañana, con una pila de informes precariamente equilibrada en un lado y dos agendas revisadas colocadas en el centro para reuniones a las que no recordaba haber aceptado asistir.

Frunció el ceño ante los correos electrónicos que se habían multiplicado en la bandeja de entrada mientras asistía a la autopsia.

Ninguno de los asuntos ayudaba a sus investigaciones.

A estas alturas, esperaba haber tenido más noticias de Harriet Baker: quizás algunos resultados forenses preliminares o un avance en las investigaciones puerta a puerta que continuaban.

Pero no había nada.

Nada en absoluto.

—Mierda.

Dejó caer las carpetas manila de vuelta a su lugar y miró con enojo el papeleo.

Gavin deambuló cerca llevando una bandeja de cartón con café para llevar. Se detuvo, recorrió con la mirada el escritorio y luego le entregó una de las tazas.

—Mejor que te aferres a eso. Me da miedo dejarlo en cualquier parte.

—Muy gracioso. ¿Has visto una carpeta verde? Tiene mis cálculos del presupuesto mensual y necesito enviárselos por correo electrónico a Sharp.

Señaló hacia su teclado. —¿Esa de ahí debajo?

Kay puso los ojos en blanco y la sacó. —Gracias, Gav.

—Puedes tomar prestadas estas si quieres —gritó Barnes desde su escritorio, agitando sus gafas de lectura hacia ella.

—No empieces. —Kay se dejó caer en su silla, abrió la carpeta y reprimió un gemido.

Necesitaba más personal para la investigación,

alguien que la ayudara a filtrar toda la información que la abrumaba, pero la asignación de fondos estaba destinada a la formación del personal existente y no podía tocar eso.

Parecía que tendrían que arreglárselas con el equipo que tenía disponible.

Asqueada, arrojó la carpeta a la bandeja y cogió su café antes de dirigirse a la pizarra mientras el personal administrativo y los oficiales comenzaban a congregarse para la reunión informativa.

—Bien, empecemos. —Esperó mientras un par de rezagados encontraban asiento—. Lucas Anderson ha enviado por correo electrónico los resultados de la autopsia de esta mañana, así que podréis acceder a ellos en HOLMES2. En resumen, confirma que Carl murió como resultado de congelación; no hay signos de lesión en la cabeza o huesos rotos, a pesar de los moretones en su piel. Confirma que hará la autopsia de Will Nivens mañana y nos dará una actualización por la tarde.

Hizo una pausa para revisar sus notas y luego continuó. —Pasando a otros aspectos de nuestras investigaciones, Barnes y yo hablamos con uno de los compradores interesados en el negocio de Mike O'Connor esta tarde, Bernard Hastings. Él posee un negocio similar cerca de Canterbury. Como O'Connor sospechaba, Bernard ha perdido interés desde que apareció el cuerpo de Carl el viernes; dice que su reputación como negocio familiar estaría en riesgo.

Gavin hizo una mueca. —Se puede entender su punto de vista.

—En efecto. Dejamos un mensaje para el tipo que ha hecho una oferta más baja, Steve Luxford. Llamó hace media hora para decir que había estado en Margate todo el día mirando un par de talleres de coches usados en venta, pero que estará disponible por la mañana, así que Barnes y yo iremos a su casa en Kings Hill para hablar con él entonces. —Kay pasó el pulgar por sus notas—. Laura, ¿has tenido noticias de la División Este sobre las investigaciones puerta a puerta que estaban realizando esta mañana?

—Sí, jefa. —Laura dio un par de pasos adelante y se enfrentó a sus colegas—. Han hablado con los dueños de los negocios y pisos residenciales alrededor de las oficinas de los abogados. Ninguno de ellos informa haber visto a nadie merodeando fuera del edificio, aunque una mujer en una casa de apuestas dijo que esa calle tiene bastante tráfico peatonal, por lo que el acosador de Helen podría no haber destacado. Les he pedido que nos pasen cualquier imagen de videovigilancia de personas que vean actuando de manera sospechosa para que podamos echarles un vistazo. También están solicitando grabaciones de videovigilancia del cajero automático al final de la calle por si podemos obtener una imagen más clara de él o confirmar si actuaba solo.

Kay agradeció a su colega y luego se acercó a un

escritorio libre y se apoyó en él. —Para mí, esto suena como algo que se armó apresuradamente. Improvisado, más que un ataque dirigido a Carl, dada la vigilancia chapucera del lugar de trabajo de Helen…

—¿Crees que alguien entró en pánico, jefa? —dijo Barnes.

—Sí, eso creo. —Suspiró y se pasó una mano por el pelo, enganchando un mechón detrás de la oreja—. Ahora solo tenemos que averiguar qué demonios hizo Carl Taylor para causar ese pánico.

CAPÍTULO 22

El policía Aaron Stewart se volvió hacia la última página del periódico local e intentó fingir interés en un artículo sobre un equipo de fútbol que actualmente ocupaba el último puesto de su liga.

Se posó en un taburete de cocina junto a una encimera reluciente que desprendía un aroma a limones frescos, con su mano derecha flotando junto a una humeante taza de té.

Los últimos rayos de sol se colaban por la ventana de la cocina y proyectaban un cálido resplandor por toda la habitación. Le daba al lugar una atmósfera apacible, en crudo contraste con la razón por la que él estaba allí.

La voz de Helen Taylor se escuchaba desde la sala de estar mientras hablaba con su hermano por segunda vez esa tarde, su tono volviéndose impaciente.

No, ella no quería que él y su familia vinieran a Kent. Él estaba demasiado ocupado con su negocio de yesería.

Sí, la policía estaba aquí.

No, no tenían noticias.

Y así sucesivamente.

Aaron se pasó una mano por su cabello castaño corto y suspiró, mirando de reojo el teléfono móvil en la encimera junto a él. Su esposa había intentado llamarle hacía media hora, la pantalla se iluminó con su nombre mientras el teléfono vibraba con insistencia.

Había vibrado de nuevo segundos después, esta vez con un mensaje de texto.

¿Vas a venir a casa esta noche? x

Suspiró, tomó la taza y sopló sobre el té caliente antes de dar un sorbo tentativo, luego le respondió.

Probablemente no x

Debbie West había dispuesto que otro policía se quedara en la casa con Helen más temprano ese día, el tiempo suficiente para que Aaron pudiera ir a casa y descansar unas horas hasta que tuviera que regresar a las cuatro en punto, un tiempo demasiado corto para ver a su esposa e hija antes de irse de nuevo.

Ahora sabía sobre la llamada a Palmer and Twick, sabía que su papel como oficial de enlace familiar se había transformado en algo menos tangible debido a esa llamada, y sentía una obligación aún mayor hacia Helen.

Necesitaba saber que ella estaba a salvo.

Era lo mínimo que podía hacer por Carl Taylor.

—Ese maldito hombre. —Helen entró a zancadas en la cocina, aferrándose a su cárdigan alrededor de la cintura. Se dirigió directamente hacia la tetera—. ¿Le gustaría otra taza de té?

Aaron levantó la taza y sonrió. —Todavía me queda de esta, gracias.

Volvió su atención al periódico, lo dobló y luego acercó una revista de chismes abandonada.

—No le tomaba por un fan de esas.

Mirando por encima de su hombro para ver a Helen apoyada contra el fregadero de la cocina, sonrió. —En realidad no lo soy. Mi hija es la que siempre está hablando de este y aquel famoso. No puedo seguirle el ritmo.

—¿A qué se dedica ella?

Aaron se movió en el taburete para mirarla. —Está haciendo un curso de peluquería en Tonbridge en este momento.

—¿Lo está disfrutando?

—Creo que sí.

Los ojos de Helen se volvieron melancólicos y se dio la vuelta, ocupándose de una fila de tazas que se habían acumulado en el fregadero antes de enjuagarlas bajo el grifo de agua caliente. —Su esposa debe estar molesta porque tiene que trabajar.

—Ella es enfermera, lo entiende. —Aaron se levantó del taburete y colocó su taza vacía en la encimera junto a ella. Tomando un paño de cocina que colgaba del mango de un cajón cercano, comenzó a secar la vajilla que ella estaba apilando en el escurridor—. Y me tiene bien entrenado.

Eso provocó una risa, y él sonrió ante su respuesta.

Dios, cualquier cosa que pudiera hacer para aliviar su dolor por unos segundos era un logro.

—Oh, maldición.

Ella dejó caer sus manos en el agua jabonosa y miró fijamente por la ventana.

Aaron siguió su mirada para ver un desagüe incrustado en el patio burbujeando con jabón, el agua acumulándose bajo la rejilla de acero.

—Sabía que debería haberle pedido a Carl el maldito número de teléfono del fontanero —dijo, y luego estalló en lágrimas.

Dejando el paño de cocina en la encimera, Aaron puso una mano en su hombro. —Echaré un vistazo.

—Dios, lo siento —Ella metió la mano en el bolsillo de su cárdigan y sacó un pañuelo de papel ya empapado antes de sonarse la nariz—. Es que…

—Está bien. ¿Dónde guarda su caja de herramientas?

—En el garaje. Está debajo… oh, se lo mostraré. Será más rápido.

Helen lo guio a través de una puerta de conexión fuera de la cocina y hacia un garaje individual que se usaba para almacenamiento en lugar de estacionamiento.

Un leve olor a humedad se aferraba al aire, y alguien (Carl, supuso Aaron) había fijado estantes a lo largo de una pared. Estaban alineados con cajas de cartón de varios tamaños, viejos frascos de mermelada llenos de tuercas y tornillos, y herramientas eléctricas.

—Está aquí. —Helen estaba de pie junto a una secadora, señalando una gran caja de metal debajo de un banco de trabajo—. No sé si hay algo ahí que pueda usar. Ese desagüe nunca ha hecho esto antes, no que yo haya visto, de todos modos.

—¿Hay una luz allí afuera, en caso de que oscurezca mientras hago esto?

—No, lo siento. —Sus facciones se arrugaron una vez más.

—No se preocupe. —Se agachó, levantó la tapa y seleccionó un par de herramientas. Viendo una palanca de hierro apoyada contra la pared, también la tomó—. ¿Tiene un par de bolsas de basura? ¿O tal vez guantes desechables?

—Hay un rollo de bolsas de plástico que usamos para los desechos del jardín aquí. —Alcanzó un estante sobre la secadora y arrancó dos bolsas antes de entregárselas con una sonrisa tímida—. Espero que no tenga que meter la mano allí abajo.

—Yo también lo espero. —Señaló la puerta que conducía al jardín—. ¿Por ahí?

—Sí.

—Bien, no tardaré mucho.

—Gracias. De verdad, estoy segura de que esto no está en su descripción de trabajo.

—¿Qué descripción de trabajo? —Le guiñó un ojo y luego salió.

El aire era más fresco ahora, un tinte púrpura se arrastraba en el atardecer mientras el crepúsculo se acercaba. En algún lugar en el fondo del jardín, cerca del seto de espino negro que bordeaba el perímetro, cantaba un mirlo. Otro respondió desde un jardín vecino, las notas tranquilizadoras solo interrumpidas por el ocasional silbido del tráfico en la autopista a lo lejos cuando la brisa cambiaba de dirección.

Los adoquines del patio estaban hechos de hormigón barato, astillados y moteados en algunos lugares con mechones de hierba sobresaliendo por las grietas.

—Bien... —Aaron se detuvo junto al desagüe desbordado, arrugando la nariz.

Aunque podía ver espuma de jabón escapando por la rejilla, también percibía el hedor acumulado tras años de agua sucia de lavado y escorrentía del patio y los bordes de flores circundantes.

Emitiendo un suspiro, se inclinó y usó la palanca para sacar la rejilla de su alojamiento.

Para su sorpresa, se desprendió con facilidad.

Miró dentro del agujero.

El agua jabonosa lo llenaba hasta el borde, pero claramente había algo allí abajo, bloqueando el paso del agua hacia la alcantarilla principal.

Un objeto gris oscuro emergió a la superficie antes de que un sonido de gorgoteo y succión eructara desde el agujero y desapareciera de la vista.

Aaron frunció el ceño.

—¿Qué demonios…?

Se arrodilló junto al desagüe y luego empujó la palanca por el lado del revestimiento de polímero que se había aplicado a la tubería de piedra original.

Había algo allí abajo, eso era seguro.

Haciendo una pausa para meter su mano en una de las bolsas de plástico, la subió por su brazo y luego tomó la palanca una vez más.

Girándola para que el gancho quedara hacia adentro, enganchó lo que fuera que estuviera atascado en el desagüe y lo arrastró hacia arriba, inclinándose para envolver sus dedos cubiertos de plástico alrededor del extremo cuando el objeto con forma de ladrillo rompió la superficie jabonosa.

Su corazón se saltó un latido cuando lo sacó del agua y lo dejó caer sobre el pavimento junto al desagüe.

—Maldita sea.

Aaron soltó la palanca, se quitó la bolsa de plástico y corrió de vuelta a la cocina, ignorando la mirada de asombro en el rostro de Helen Taylor mientras pasaba.

Se deslizó hasta detenerse junto a la encimera y agarró su móvil, marcando el número de marcación rápida.

—¿Jefa? Estoy en la casa de Helen Taylor. Creo que será mejor que vengas aquí.

CAPÍTULO 23

Cuando Kay llegó a la modesta casa adosada de Helen Taylor, dos coches patrulla y una furgoneta perteneciente al equipo de Investigación de la Escena del Crimen de Harriet ocupaban todos los espacios de estacionamiento disponibles en el callejón sin salida.

Después de aparcar en la calle siguiente, se colgó el bolso al hombro y se apresuró a cruzar la calle hacia el semicírculo de casas.

Las luces estaban encendidas en todas las casas, varias puertas principales estaban abiertas de par en par, y se percibía una atmósfera de excitación entre quienes estaban parados al final de sus caminos de entrada tratando de ver qué sucedía.

Un grupo de vecinos se agolpaba junto al muro de ladrillo frente a la casa de Helen Taylor, con los cuellos estirados hacia la puerta principal mientras murmuraban teorías y chismes entre ellos, sus rostros una mezcla de sospecha y emoción apenas contenida.

Kay se escabulló, manteniendo la cabeza baja.

Mientras se apresuraba por el camino de entrada, la puerta se abrió y Tim Wallace se hizo a un lado, con la radio del sargento crepitando desde el clip de su chaleco antibalas.

—Buenas noches, jefa —dijo, cerrando la puerta—. La señora Taylor está en la sala de estar. Nos hemos instalado en la cocina por el momento; Charlie y Patrick están afuera montando una carpa y algunas luces de inundación.

—Gracias, Tim. —Se volvió al oír pasos pesados y vio a Aaron Stewart caminando hacia ella desde la cocina, con una expresión perpleja arrugando su frente —. Menudo hallazgo allá afuera, ¿no?

Él emitió un leve resoplido.

—Ya lo creo, jefa. No era exactamente lo que esperaba.

—¿Podemos hablar? —Kay hizo un gesto con la barbilla hacia la cocina—. Solo un momento antes de que tenga una charla con Helen.

—Por aquí; podrás ver lo que Charlie está haciendo mientras te pongo al día.

Dejó a Tim en el pasillo y siguió a Aaron hasta una cocina luminosa y espaciosa llena de electrodomésticos modernos que no eran ni caros ni demasiado baratos. Parecía que Helen y Carl Taylor habían creado un hogar cómodo para ellos, y suspiró mientras paseaba su mirada por las encimeras, con focos en el techo iluminando las superficies muy pulidas.

La ventana de la cocina revelaba un área pavimentada iluminada por dos focos sobre soportes de aluminio colocados en cada extremo. Dos figuras con trajes protectores blancos recorrían el área y los bordes de flores más allá, con las cabezas inclinadas mientras trabajaban.

Kay se apartó, sus pensamientos acelerados.

¿Qué le había sucedido a esta pequeña familia en las últimas semanas que había dejado a un hombre muerto y a una viuda desconsolada?

Sin mencionar el kilo de drogas que había sido colocado en una bolsa de evidencia en el centro de la encimera.

Olisqueó el aire.

—Lo siento, jefa. —Aaron señaló el paquete—. Apesta por haber estado en ese desagüe.

—¿Habéis encontrado más?

—No allí abajo, no. Helen nos habló de otro desagüe que está cerca de la puerta trasera del garaje, pero estaba despejado. Patrick está tratando de revisar el resto del jardín en busca de signos de excavaciones recientes, pero Charlie cree que estarán aquí hasta la mañana. Es difícil trabajar con linternas, y no queremos atraer a nadie con un dron.

—Entiendo.

Kay tocó la bolsa de evidencias que contenía el paquete antes de levantarla y probar su peso.

Era bastante pesado, casi como una bolsa de azúcar.

Podía ver el polvo blanco a través de las capas de plástico transparente que habían envuelto las drogas antes de que fuera sellado con cinta, encerrando el narcótico en un paquete hermético.

—Dios, con razón bloqueó el maldito desagüe. —Volvió a colocar la bolsa de evidencias sobre la encimera—. ¿Cuánto vale esto hoy en día?

Aaron se encogió de hombros.

—Los precios han bajado desde el año pasado, pero calculo que aún podrías obtener unas treinta mil libras por eso. Tal vez un poco más.

—Entonces, ¿qué demonios hacía Carl Taylor con esto?

—Helen dice que no tiene ni idea. Estaba tan sorprendida como yo cuando se lo mostré.

—Muy bien, voy a hablar con ella y luego me quitaré de en medio. ¿Podrías pasar por la sala de incidentes mañana de camino a casa y darnos una actualización, en caso de que Patrick y Charlie encuentren algo más?

—Por supuesto, no hay problema.

—Gracias, y buen trabajo, Aaron. —Le guiñó un ojo—. Apuesto a que no esperabas este tipo de emoción con el papel de oficial de enlace familiar.

De vuelta por el pasillo, asintió agradecida a Tim

cuando le abrió la puerta de la sala de estar y encontró a Helen Taylor acurrucada en un sillón, su rostro miserable bajo una cortina de cabello oscuro.

—Crees que conoces a alguien, ¿verdad? —dijo, con una voz poco más que un susurro—. Trece años estuvimos casados, y nunca tomé a Carl por alguien que haría esto.

Kay se detuvo junto a la estantería llena de fotografías.

—¿Tenía alguna idea de que las drogas estaban en el desagüe?

Una mirada de horror cruzó las facciones de Helen, su boca abriéndose.

—Por supuesto que no. Esta es la primera vez que las veo.

—¿Alguna vez vio a Carl actuando de manera extraña en el jardín?

—No… —Helen hizo una pausa, se echó el pelo sobre el hombro y luego sorbió—. Debe haberlas escondido cuando yo estaba en el trabajo. Su turno termina antes de que yo salga de la oficina, así que habría tenido unas horas antes de que yo llegara a casa. N-no puedo creer que esto esté pasando…

—¿Qué hay de extraños en la calle, Helen? —Kay dio un paso más cerca—. ¿Ha notado a alguien que no reconozca merodeando en las últimas semanas?

La mujer negó con la cabeza.

—Se lo habría dicho si lo hubiera visto.

—Voy a hacerle una pregunta, una que tengo que hacer como parte rutinaria de mis investigaciones.

—De acuerdo. —La voz de Helen tembló, sus ojos muy abiertos—. ¿Qué?

—¿Usted y Carl discutieron por algo en las semanas y días previos a su muerte?

—Yo… No, no lo hicimos. —Helen llevó una mano temblorosa a sus labios—. Oh, Dios mío. ¿Cree que yo lo maté?

—¿Lo hizo?

—No. —Helen dejó caer la mano sobre su regazo y levantó el mentón—. No maté a mi marido, detective Hunter, y me ofende la pregunta.

—Como le dije, es una pregunta de rutina. Lamento si le ha causado más angustia. —Kay recorrió la habitación con la mirada, escuchando las voces apagadas de sus colegas en el pasillo—. Voy a dejarla ahora, pero Aaron se quedará como su oficial de enlace familiar. ¿Está de acuerdo?

—Sí. —La mujer suspiró—. Mire, sé que solo está haciendo su trabajo. Me alegro de que él esté aquí. Me… me siento más segura. —Helen suspiró, con el rostro abatido—. No tengo ni idea de en qué se metió Carl, detective. De verdad que no.

—Haremos todo lo posible por encontrar al responsable de su muerte, Helen, y con suerte también algunas respuestas para usted.

Kay se despidió y se unió a Aaron y Tim en el

pasillo antes de mirar por encima del hombro hacia la puerta cerrada de la sala de estar.

Bajó la voz.

—¿Crees que está mintiendo?

Aaron exhaló, luego se apoyó contra la barandilla de la escalera y negó con la cabeza.

—No lo creo. Pienso que estaba genuinamente sorprendida por todo esto.

—Interesante —dijo Kay, mordiéndose el labio—. Tal vez Carl nunca llamó a un fontanero para desatascar el desagüe. Quizás estaba enviando un mensaje de que había algo *allí abajo*.

—¿Un respaldo en caso de que lo mataran, quieres decir? —dijo Aaron.

—Sí. ¿Y si Carl Taylor quizás vio o escuchó algo, o alguien descubrió que tenía esas drogas? Fuera lo que fuese, lo dejó temiendo por su vida… y la de ella.

CAPÍTULO 24

Cuando Barnes entró en el camino de entrada de Kay a la mañana siguiente, llegó diez minutos antes a pesar del tráfico de parachoques a parachoques en las carreteras que salían del suburbio.

Aunque no dudaba que salir de nuevo para llegar a la autopista iba a ser una cuestión completamente diferente.

Al bajarse del coche, se tomó un momento para estirar la espalda.

El leve *tic tic* del motor enfriándose competía con un par de gorriones que discutían sobre su cabeza en los cables de telefonía que se extendían a lo largo del callejón, y él inhaló el aire fresco.

La casa que ahora compartía con su pareja de cuatro años, Pia McLeod, estaba más cerca del centro. Como esa zona solía estar rodeada del ruido del tráfico que pasaba y los gritos constantes de los niños de sus vecinos en el jardín rectangular más allá de la valla que compartían, saboreó el breve momento de paz en el suburbio más tranquilo.

Se giró al oír el sonido de un cerrojo al correrse, luego la puerta principal se abrió y apareció Kay.

—Lo siento, Sharp llamó pidiendo una actualización, y he encargado a Gavin y Laura que hablen con el supervisor de Carl de la flota de cadena de frío esta mañana.

Su mirada se posó en la tirita en el dorso de la mano izquierda de ella mientras cerraba la puerta, y él arqueó una ceja. —¿Los gatitos otra vez?

Kay puso los ojos en blanco. —Hay uno atigrado particularmente feroz que Adam jura que va a llamar Wolverine. El problema es que es adorable.

Barnes se rio y abrió la puerta del pasajero para ella. —A este ritmo, no veo que los vayas a devolver.

—Créeme, tienen que irse —dijo ella mientras él entraba y arrancaba el motor—. No estoy consiguiendo hacer nada por las noches, y nuestros sillones no van a sobrevivir mucho más.

Para cuando llegaron a la autopista, Kay había sacado una carpeta informativa de su bolso y estaba hojeando las páginas, con un bolígrafo en la mano mientras garabateaba notas en los márgenes.

—¿Es esa la información que Debbie averiguó sobre este tipo al que vamos a ver? —dijo él, cambiando de carril mientras pasaba volando el cartel de West Malling.

—Sí. Steve Luxford. —Kay esperó hasta que él frenó en un semáforo que salía del cruce de la autopista y levantó una copia de una fotografía—. Esto fue tomado en una recaudación de fondos de rugby local hace un par de años.

Barnes comprobó que el coche de delante no estaba a punto de arrancar, luego echó un vistazo a la foto.

Luxford parecía tener unos treinta y tantos años, con el pelo cortado al rape. Unos ojos pequeños y oscuros miraban al fotógrafo, una mueca deformaba la boca del hombre mientras levantaba una jarra de cerveza hacia la cámara, sus gruesos brazos sobresalían de una camiseta que parecía ser una talla demasiado pequeña.

—Parece un jugador de rugby.

Kay dio la vuelta a la foto. —Lo parece, ¿verdad?

Volvió a leer sus notas cuando el semáforo se puso verde. —Aquí dice que está divorciado, vive solo, tiene tres puntos en su carnet por exceso de velocidad de hace un par de años. Solía tener un negocio de lavado de coches cerca de Swale pero lo vendió en febrero. Debe haberle ido bastante bien para poder hacer una oferta por el negocio de Mike O'Connor.

—Eso depende de cuánto estuviera ofreciendo —dijo Barnes, quedándose detrás de una furgoneta blanca que estaba perdiendo la batalla contra la cantidad de suciedad salpicada en sus puertas traseras—. Después de todo, este es el tipo que volvió con una oferta más baja después de que se encontrara el cuerpo de Carl. ¿Debbie encontró alguna conexión entre Carl y este tal Luxford?

—Aún no. —Kay bajó las páginas a su regazo mientras él giraba hacia la urbanización Kings Hill, observando los diferentes negocios comerciales que pasaban antes de entrar en la zona residencial más allá.

Barnes hizo una pausa después de negociar una rotonda, encendió la pantalla de su teléfono móvil y comprobó la aplicación de mapas. El punto azul de ubicación mostraba su posición, y la casa de Luxford estaba a solo un par de calles de distancia.

—¿Cómo quieres hacer esto? —dijo mientras se alejaba del bordillo—. ¿Quieres dirigir tú?

—No, haz tú las preguntas. Quiero poder evaluar su reacción.

—De acuerdo. —Señaló con la barbilla hacia una hilera de casas estrechas, cuyo revoque color beige parecía cansado y desgastado—. Esta es su casa, la del medio.

El número 6 era idéntico a sus vecinos, salvo por una puerta de color verde pálido que parecía haber visto días mejores.

Arbustos de hoja perenne crecían sin mucho entusiasmo en los bordes entre las propiedades, y el jardín delantero parecía haber sido abandonado a mitad de camino mientras el propietario colocaba nuevo césped en algún momento de su historia.

Barnes lideró el camino a lo largo de un sendero pavimentado irregular, notando una gran motocicleta que había sido estacionada a un lado y cubierta con una lona contra los elementos.

Golpeó con los nudillos contra el panel de vidrio instalado en la puerta mientras observaba el timbre electrónico roto a su lado.

—¿Alquilada o propia? —dijo Kay en voz baja.

—Propia.

—Dios, uno pensaría que haría algo con el...

La puerta se abrió y Steve Luxford miró por encima de una cadena de latón.

—¿Son ustedes la policía?

—¿Señor Luxford? —Barnes levantó su placa—. Oficial Ian Barnes. Hablamos por teléfono ayer.

—Esperen un momento. —La cadena resonó por un instante, luego Luxford les hizo una seña—. Esto tiene que ser rápido. Tengo una reunión a las diez en punto con mi contable.

En el momento en que Barnes cruzó el umbral, se preguntó cuándo había sido la última vez que el lugar había sido decorado, o limpiado.

Un papel tapiz de aspecto antiguo cubría las paredes del pasillo, y quien hubiera decorado el lugar debió haber conseguido una buena oferta. El patrón continuaba a través de una sala de estar rectangular que apestaba a humo de cigarrillo, comida para llevar y alcohol rancio que podría o no haberse derramado sobre el suelo laminado astillado.

Era difícil saberlo entre todas las demás manchas.

Luxford se arrastró a través de un montón de ropa sucia junto a una pequeña mesa de madera cubierta de cajas de pizza y abrió una puerta individual que daba a un diminuto jardín.

—Anoche vinieron unos amigos a ver un partido —dijo a la defensiva—. Tomen asiento.

Barnes echó un vistazo a la expresión en el rostro de Kay mientras ella observaba el estado de la tapicería, y se volvió hacia Luxford. —No pasa nada. Esto no debería llevar mucho tiempo. Estamos investigando la muerte de un hombre…

—El tipo que encontraron en el local de O'Connor. Sí, lo dijo por teléfono. ¿Para qué necesitan hablar conmigo?

—Tenemos entendido que hizo una oferta para comprar el negocio de O'Connor unas semanas antes del incidente. ¿Por qué fue eso?

Luxford se acercó a la mesa, apartó una caja de pizza y agarró un paquete de cigarrillos arrugado. Se dirigió a la puerta trasera, se apoyó en el marco, sacó un encendedor del bolsillo y se encendió un cigarrillo.

Barnes esperó, observando mientras el otro hombre echaba la cabeza hacia atrás y exhalaba una nube de humo al aire antes de que la brisa se la llevara.

Finalmente, Luxford se volvió hacia él, con la familiar mueca de desprecio en los labios. —Porque podía. Antes tenía un lavadero de coches. Lo vendí hace unos meses a buen precio. Pensé en probar algo diferente.

—¿Ha hecho algo así antes?

Luxford se encogió de hombros. —No hace falta ser un genio para vender coches, ¿verdad?

—¿Por qué ese lugar en particular?

—¿A qué se refiere?

—¿Por qué el negocio de O'Connor?

—¿Y por qué no?

—¿Miró otros?

—Uno o dos. Pero estaban demasiado lejos. —Luxford le dio otra calada al cigarrillo y se rascó el interior del codo—. La señora me quiere más cerca.

Barnes parpadeó, echó un vistazo a los restos que cubrían casi todas las superficies, y luego volvió a mirar a Luxford.

El hombre soltó una risa amarga. —Ella no vive aquí. ¿No se nota? Nos separamos. Solo quiere que trabaje cerca para que pueda turnarme para recoger a nuestras niñas después de la escuela, eso es todo. Charlotte tiene un nuevo trabajo en una inmobiliaria y no siempre puede estar allí para ellas.

—Con una familia joven, me sorprende que el hecho de que se haya encontrado un hombre muerto en el local de O'Connor no lo haya desanimado —dijo Kay.

—Lo hizo por un tiempo. Más o menos. —Sonrió, mostrando dientes irregulares manchados de nicotina—. Pero luego, pensé que cuanto más tiempo tarden ustedes en averiguar quién lo hizo, más bajará el precio. Probablemente conseguiré ese negocio por una ganga.

—Señor Luxford, ¿podría decirnos dónde estaba entre las tres de la tarde del viernes y las siete de la mañana del domingo?

El hombre se acercó a la mesa de café y aplastó la colilla del cigarrillo en un cenicero de plástico con el nombre de una cervecería local.

Cuando se encontró con la mirada de Barnes, había un destello peligroso en sus ojos.

—¿Soy sospechoso?

—Es solo una pregunta rutinaria, señor Luxford. ¿Dónde estaba?

—Aquí, el viernes por la noche con mis niñas. Las llevé de vuelta a casa de su madre el domingo por la mañana a las diez en punto. Puntual, además. Charlotte se pone nerviosa si llego tarde. Dice que les jode la rutina.

—Necesitaremos el número de teléfono y la dirección de Charlotte —dijo Kay.

—De acuerdo. —Luxford hurgó en el bolsillo de sus vaqueros y sacó un teléfono móvil maltratado—. Aquí tiene.

Barnes anotó los detalles y luego le entregó una tarjeta a Luxford.

—Gracias por su tiempo. Nos pondremos en contacto si tenemos más preguntas.

—No hay problema. —Luxford sonrió—. Tómense su tiempo, ¿eh? Creo que podría conseguir que me rebajen unos miles más en un par de semanas.

CAPÍTULO 25

—¿Por qué no hablamos con Adele Marchant en el depósito?

Gavin levantó la mano en señal de agradecimiento cuando otro conductor permitió que su vehículo saliera del estacionamiento de la estación de policía hacia el tráfico lento.

—Tenía un día libre programado antes de que todo esto sucediera —dijo Laura, verificando la dirección de la mujer en su libreta—. Kay quería que la entrevistáramos lo antes posible, así que la llamé anoche para ver si estaba disponible esta mañana. Sonaba bastante angustiada por Carl.

—No puedo imaginar cómo sería si algo le pasara a uno de nosotros —dijo Gavin—. No me sorprende que esté alterada. ¿Dónde está su casa?

—Gira a la izquierda aquí. Vive justo a la vuelta de la esquina de la escuela secundaria.

Le dio indicaciones a Gavin a través de una serie de calles que serpenteaban más allá de la escuela hacia el centro de ocio, luego le señaló la casa de Adele Marchant cuando se acercaron.

Semiadosado con un techo de tejas marrones, el edificio tenía una planta baja revestida de piedra con un piso superior enlucido. Una ventana salediza sobresalía sobre un cuidado jardín delantero que lindaba con un camino de entrada asfaltado.

Gavin tocó el timbre y Laura oyó pasos que bajaban apresuradamente por una escalera.

Una mujer de unos cincuenta y tantos años abrió la puerta, con el cabello rubio corto húmedo y una toalla verde en una mano. Tenía una expresión agitada. —¿Son ustedes la policía?

—¿Adele Marchant? Soy la agente Laura Hanway, y este es mi colega, el agente Gavin Piper. Hablé con usted por teléfono anoche sobre Carl Taylor.

—Caray, lo siento, voy con retraso. Acabo de volver del centro de ocio —dijo, dando un paso atrás—. Pasen.

Laura se detuvo en un pasillo luminoso, el leve olor a barniz emanaba de los zócalos recién lijados que abrazaban la pintura color crema pálido.

Una pila de láminas enmarcadas yacía contra una pequeña mesa de madera al pie de la escalera, la superficie cubierta con lo que parecían ser facturas sin abrir y un manojo de llaves abandonado.

—¿Vamos a la cocina? —Adele Marchant se giró sin esperar una respuesta, frotando furiosamente su cabello corto con la toalla, de modo que cuando la alcanzaron, su pelo estaba erizado.

La mujer continuó con un comentario mientras ordenaba una mesa de comedor de pino, recopilando una mezcla de periódicos locales antiguos y folletos de ventas antes de indicarles que se sentaran.

—Pensé en aprovechar al máximo mi día libre: una clase de pilates, seguida de un baño. No es frecuente que tenga tiempo para mí misma, con dos niños en casa… —Se interrumpió, llevándose la mano a los labios—. Lo siento, probablemente suene insensible, con todo lo que está pasando. Me siento tan impotente. Necesitaba hacer algo en lugar de estar aquí sola. La muerte de Carl ha sido un shock.

Gavin emitió un sonido neutral.

—La gente lidia con el duelo de muchas maneras, señora Marchant. —Laura le dirigió una leve sonrisa a la mujer.

—Supongo que sí. Llámeme Adele, por cierto.

Se hundió en una de las sillas de pino a juego, apoyando un codo en la mesa mientras los miraba. —¿Ya han descubierto quién lo mató?

—Estamos siguiendo varias pistas —dijo Laura—,

por eso queríamos hablar con usted. ¿Carl tuvo algún problema en el trabajo recientemente?

Adele frunció el ceño. —No, que yo sepa. Era un empleado modelo. Llegaba mucho antes de su turno cada mañana, y estaba feliz de ayudar en el depósito o cambiar rutas si alguien necesitaba tomarse un día libre. También se llevaba bien con los negocios en su ruta habitual. Recibió más tarjetas de Navidad que cualquiera de nuestros otros conductores de reparto el año pasado.

—Mencionó lo de cambiar rutas, ¿con qué frecuencia sucedía eso?

—Solo ocasionalmente estos últimos meses. Por supuesto, una vez que entramos en la temporada de vacaciones escolares de verano, ocurre con más regularidad. —Una mirada nostálgica cruzó los ojos de Adele—. Sé que Carl y su esposa no tenían hijos, me lo mencionó una vez, hace tiempo, así que siempre se ofrecía como voluntario para ayudar durante el verano. De todos modos, solían irse de vacaciones en septiembre, cuando las escuelas volvían y era más barato.

—¿Carl alguna vez le mencionó alguna preocupación sobre su ruta?

—En absoluto. —Adele se sentó más erguida, evidentemente más cómoda hablando de asuntos relacionados con el trabajo—. Ocasionalmente lo prestábamos a nuestro depósito de Ashford, pero eso solo ha sucedido tal vez una o dos veces este año. No recuerdo que mencionara ningún problema allí.

—¿Habría acudido a usted si hubiera tenido alguna preocupación? —dijo Gavin.

—Oh, sí. Teníamos una excelente relación laboral. Todos mis empleados saben que pueden venir a hablar conmigo sobre cualquier cosa, en cualquier momento. Política de puertas abiertas y todo eso.

—¿Qué hay de Will Nivens? —dijo Laura—. ¿Cómo es que lo emparejaron con Carl cuando se unió a la empresa?

Adele suspiró, apareciendo una triste sonrisa. —Carl era tan confiable. Era una elección natural como instructor de conductores. Era paciente con los nuevos, especialmente con personas como Will que no habían hecho entregas múltiples antes; siempre estaba dispuesto a pasar una o dos semanas extra con ellos para asegurarse de que supieran lo que estaban haciendo, e insistía en que llamaran a su móvil si tenían algún problema una vez que estaban solos en la ruta. Dios sabe cuántas llamadas telefónicas me ahorró a lo largo de los años.

—¿Y hubo algún problema con Will desde que se unió a la empresa?

—No, nada. De nuevo, probablemente fue la influencia de Carl, pero Will estaba resultando ser un verdadero activo para la empresa.

—¿Carl intercambió rutas con alguien en el pasado,

digamos, durante las tres o cuatro semanas previas a su muerte? —dijo Gavin.

Adele frunció el ceño. —Un par de veces, sí. Fue un lunes o un martes, no recuerdo cuál. Bonnie Hopkins, que normalmente hace la ruta de Aylesford, faltó. Tiene una hija pequeña que se resfrió y tuvo que quedarse en casa, así que Carl se ofreció a cubrirla esos días. —Se interrumpió y sorbió por la nariz—. No sé qué vamos a hacer sin él.

—¿Alguna vez Carl o Will no pasaron uno de sus exámenes obligatorios de drogas y alcohol? —preguntó Laura.

—No, nunca —las cejas de Adele se elevaron—. ¿Por qué?

—Es solo una pregunta rutinaria. ¿Bonnie o Carl mencionaron alguna vez algo que les preocupara sobre esa ruta?

La mandíbula de la mujer cayó. —¿Cree que mataron a Carl por su trabajo?

—Estamos examinando todo en relación con un posible motivo —dijo Gavin con calma—. ¿Bonnie le ha dicho algo en las últimas dos semanas que, en retrospectiva, pudiera ser motivo de preocupación?

—No, nada en absoluto.

—Nos gustaría hablar con ella lo antes posible —dijo Laura, y le entregó una de sus tarjetas de visita—. ¿Podría conseguirme sus datos de contacto y enviármelos por correo electrónico hoy mismo?

—Yo... por supuesto, sí. —Adele tragó saliva y luego se levantó de la mesa—. Me secaré el pelo e iré directamente al depósito. No puedo acceder a los registros de personal desde mi ordenador aquí, y ella estará fuera en este momento de todos modos.

—Se lo agradecemos —dijo Laura, siguiendo a la mujer hasta la puerta principal.

Adele se detuvo junto a ella, con la mano en el pestillo, y se volvió para mirarlos a ambos.

—Es lo mínimo que puedo hacer, ¿verdad? Haría cualquier cosa para descubrir quién mató a Carl y Will. Eran unos tipos tan encantadores... no merecían morir así.

CAPÍTULO 26

Kay destapó su bolígrafo mientras su equipo se reunía frente a la pizarra, con el sol de media tarde salpicando los escritorios y la alfombra con delgadas franjas de luz.

Sus conversaciones murmuradas estaban teñidas de frustración, y ella sentía una sensación subyacente de que los días se les escapaban sin un solo sospechoso en la muerte de Carl Taylor.

Aaron Stewart se mantenía en los márgenes del grupo vistiendo una camisa limpia, con la cabeza inclinada mientras escuchaba algo que Debbie le decía a su lado.

Kay admiraba la dedicación del policía en el papel al que había sido lanzado. Había llegado hacía cinco minutos diciéndole que quería estar lo más actualizado posible antes de volver a la casa de Helen Taylor para otro turno como oficial de enlace familiar.

—Empecemos con las drogas que Aaron encontró anoche —dijo ella, alzando la voz por encima del gentío.

El equipo guardó silencio mientras todos los ojos se dirigían al policía.

—Charlie y Patrick no encontraron nada más en el jardín durante el transcurso de esta mañana —dijo él—. El paquete de drogas encontrado en el desagüe fuera de la ventana de la cocina ha sido registrado como evidencia y Debbie ha dispuesto que se envíe una muestra al laboratorio para comprobar su calidad. Eso nos dará una mejor idea de su valor.

—¿Qué hay de las huellas? —dijo Gavin, inclinándose hacia adelante en su silla para ver mejor a Aaron—. ¿Algo?

—Patrick encontró una huella latente que coincide con la de Carl, pero eso es todo. Desenvolvieron el paquete una vez que lo llevaron al laboratorio esta mañana, pero quien lo empaquetó fue cuidadoso —dijo el policía—. Harriet informa que no pudieron obtener ninguna otra huella de él.

Kay golpeó su bolígrafo contra su cuaderno mientras escuchaba. —¿Alguien de la Dirección de Delitos Graves ha reportado que una cantidad de drogas haya desaparecido de alguien que tengan bajo vigilancia?

—No hay nada en el sistema, jefa —dijo Debbie—, pero llamaré a la central después de esto para averiguar si ha entrado algún nuevo informe en las últimas veinticuatro horas.

—Haz eso, por favor, y pregúntales si están al tanto de algún tipo de amenazas sobre represalias, cosas así. —Kay se volvió hacia la pizarra y tocó las fotografías que Aaron había tomado mientras el paquete de cocaína todavía estaba en la encimera de la cocina de Helen Taylor la noche anterior—. Por lo que todos nos han estado diciendo sobre Carl Taylor, no parece un traficante de drogas, ¿verdad?

—Siempre son los más callados, jefa —dijo Barnes.

—Cierto. —Se giró, buscando con la mirada a Laura—. ¿Has tenido noticias de Adele Marchant? ¿No iba a darte los datos de contacto de una compañera de trabajo de Carl?

—Sí, jefa. —La agente se levantó de su asiento en el extremo del grupo de sillas para que todos pudieran verla—. Me voy después de la reunión con Gavin para hablar con Bonnie Hopkins; Carl cubrió su ruta hace un par de semanas. Adele nos dijo que ella hace entregas en la zona de Aylesford, así que le preguntaremos para tener una mejor idea de lo que eso implica y si está al tanto de algún problema que Carl pudiera haber tenido.

—Bien, de acuerdo. —Kay esperó hasta que Laura volvió a su asiento, luego levantó la vista de sus notas—. Lucas realizó la autopsia de Will Nivens hoy. Ha registrado la misma causa de muerte que Carl Taylor, pero también notó rastros de envenenamiento por dióxido de carbono en los pulmones de Will.

—¿Qué causó eso, jefa? —dijo Phillip.

—Will estuvo en la parte trasera de ese camión más tiempo que Carl, y dado que era más joven, probablemente sobrevivió por más tiempo. Desafortunadamente, Lucas dice que eso lo dejó expuesto a una atmósfera deteriorada. Esos camiones son unidades selladas, tienen que serlo para mantener el aire frío adentro. A Will se le estaba acabando el aire. El frío lo mató, pero no estaba lejos de morir asfixiado.

Un silencio siguió a sus palabras, roto solo por un par de maldiciones murmuradas antes de que ella se aclarara la garganta y continuara.

—Gavin, una tarea para ti por la mañana. Mientras revisamos las diferentes rutas de entrega de Carl de estas últimas semanas, necesitamos enfocarnos en de dónde podrían haber venido esas drogas. Obviamente, ser un conductor de entregas significa que Carl podría ser la persona perfecta para transportar drogas de un lugar a otro, así que necesitamos averiguar cómo se podría hacer eso. Simon Thomas en el depósito de la flota dice que tan pronto como los conductores salen de allí cada mañana, van a un almacén de distribución de cadena de frío donde se cargan los camiones. Quiero que vayas allí para ver cómo son sus medidas de seguridad.

—¿Crees que ese podría ser el origen de una posible operación de contrabando, jefa?

—Necesitamos descartarlo. —Kay golpeó con los nudillos el mapa en la pizarra—. Y si ese no es el origen, entonces uno de estos lugares en la ruta de Carl podría serlo. Necesitamos empezar por algún lado.

—No hay problema, lo organizaré.

—Hagas lo que hagas, no llames con antelación. No quiero darle a alguien un aviso de que estamos interesados. Solo ve allí a primera hora. —Kay se volvió hacia el resto del equipo—. ¿Alguna otra actualización?

—Jefa, finalmente obtuvimos una pista sobre quién era el dueño del coche en el que se encontró a Carl Taylor —dijo Parker.

Todos los ojos se volvieron hacia el agente uniformado, y Kay notó que se irguió un poco más.

—¿Qué has logrado averiguar? —dijo ella.

—Fue reportado como robado la semana pasada, temprano el lunes por la mañana, así que debe haber sido robado el domingo por la noche. La propietaria trabaja en el hospital de Maidstone; estacionó su coche en un área comunal detrás de los apartamentos donde vive en East Malling. Cuando salió de su apartamento para comenzar su turno, descubrió que su coche no estaba. —Parker frunció el ceño—. Estaba bastante alterada cuando se enteró de lo que le había pasado. Me dijo que no lo quiere de vuelta después de que Harriet y su equipo hayan terminado.

—No la culpo. —Kay escribió su actualización en la pizarra—. ¿Hay alguna cámara de videovigilancia donde ella vive?

—Hay una cámara más adelante en la calle de los apartamentos, y aparentemente la empresa de gestión del edificio tiene cámaras en las escaleras y lugares así. Les daré otra llamada por la mañana para darle seguimiento si no consigo nada.

—Gracias, Phillip, esa es buena información. ¿Cómo vas con las imágenes de videovigilancia de la tienda de antigüedades? ¿Algo del forense digital ya?

—Nada todavía, jefa. Iba a contactar a Andy después de esto para ver cómo van avanzando.

—Pídele que me dé un informe para el lunes, por favor, antes si es posible. —Kay se apartó de la pizarra para que su equipo pudiera ver las notas adicionales—. Barnes y yo entrevistamos a Steve Luxford esta mañana. Es un personaje interesante: no tiene mucha empatía por Mike O'Connor y ciertamente no le preocupa el hecho de que Carl fuera encontrado asesinado en el estacionamiento del concesionario de coches usados.

—¿Crees que podría ser un sospechoso, jefa? —preguntó Gavin—. Después de todo, es como él te dijo: ahora conseguirá el negocio por un precio más bajo, ¿no?

—Ciertamente lo coloca en la parte superior de la lista —respondió Kay—. Bien, todos. La próxima reunión será mañana por la tarde, a menos que surja algo significativo mientras tanto. Revisad el cronograma de turnos para la cobertura del fin de semana antes de iros hoy. Veamos qué nos traen las próximas veinticuatro horas.

CAPÍTULO 27

Gavin metió su teléfono móvil de vuelta en su bolsillo y se arregló los puños de la chaqueta mientras Laura abría la puerta del asiento del pasajero del coche del grupo, con una sonrisa en su rostro mientras lanzaba su bolso al hueco de los pies.

—¿De qué te ríes? —dijo él, soltando el freno de mano y colocando el coche detrás de un todoterreno perteneciente a la división de tráfico que se dirigía hacia la barrera de seguridad.

—Tenías una sonrisa de oreja a oreja cuando salí por la puerta trasera —dijo ella, con hoyuelos en las mejillas—. ¿Una cita candente, o qué?

El calor subió a su rostro, y se concentró en maniobrar a través del tráfico en lugar de responder.

—Vamos, suéltalo. No seas tímido. —Laura se

movió en su asiento, su rostro ansioso—. Nunca has dicho si tienes novia o lo que sea, así que ¿qué pasa?

—No lo sé —dijo él, cediendo con un suspiro—. He estado demasiado ocupado, supongo. Ya sabes cómo es trabajar en turnos diferentes y luego recibir una llamada telefónica en medio de la noche si estás de guardia.

—Entonces, ¿quién es ella?

—No hay quien te pare, ¿verdad?

—No. —Ella extendió la mano y le dio un golpecito en el brazo—. Y si no me lo dices, se lo diré a Barnes. Él te lo sacará, de una forma u otra.

Gavin puso los ojos en blanco.

—No te equivocas ahí. Es alguien que conocí en línea, eso es todo. Ya sabes, una de esas aplicaciones de citas.

—¿Sabe a qué te dedicas?

—Sí. —No pudo evitar la sonrisa que se dibujó en la comisura de su boca—. Y, sorprendentemente, no la ha desanimado.

—¿Ya han tenido una cita?

—La primera iba a ser este fin de semana. —Su sonrisa se desvaneció—. Acabo de llamarla para avisarle que quizás tengamos que posponerla, dependiendo de lo que pase con este caso.

Laura dejó de sonreír, y cuando él la miró de reojo, tenía una expresión de preocupación.

—¿Cómo se lo tomó?

—Sorprendentemente bien, en realidad. Dijo que no importaba, y que podríamos compensarlo cuando yo pudiera encontrar el tiempo.

—Es una joya, entonces.

Él se rio.

—Por Dios, Hanway, ni siquiera hemos tenido una cita todavía. De todos modos, guárdatelo para ti por el momento, ¿de acuerdo? No quiero gafarlo.

—De acuerdo. —Ella se volvió y señaló a través del parabrisas—. Toma el giro a la derecha aquí por los semáforos; Bonnie vive en Downswood.

Momentos después, Gavin frenó en la acera frente a una modesta casa independiente con un acabado de piedra clara.

Un jardín ordenado conducía a una puerta principal de UPVC, y él levantó la vista hacia la caja de alarma instalada encima de una de las ventanas del piso superior.

Tocando el timbre, dio la espalda a la casa y bajó la voz.

—¿Cómo puede permitirse esto con un salario de repartidora?

—Su marido es ingeniero de software —susurró Laura, luego levantó la barbilla hacia la puerta al oír que se liberaba el pestillo.

Una mujer bronceada estaba en el umbral, su ceño fruncido desapareció cuando Gavin mostró su placa e hizo las presentaciones.

—Pasen —dijo, haciéndoles cruzar el umbral y cerrando la puerta tras ellos.

Gavin oyó una voz masculina que emanaba de detrás de una puerta a un lado del pasillo, la discusión aumentaba en volumen.

—Lo siento —dijo Bonnie. Hizo un gesto hacia la parte trasera de la propiedad—. Vayan al jardín; Mark, mi marido, trabaja desde casa y está en medio de una videollamada sobre un proyecto de software con un cliente en Australia en este momento.

Laura guio el camino a través de una cocina y comedor de planta abierta, y luego salió a un jardín rectangular que descendía hacia un arroyo.

Gavin vio un columpio junto a un manzano, y luego la valla de alambre entre el jardín y el curso de agua. Un pequeño cobertizo de madera había sido pintado con colores brillantes, y un cartel en la puerta advertía a los intrusos que se mantuvieran alejados.

—La casita de juegos de mi hija menor —dijo Bonnie. Sonrió e hizo un gesto hacia un conjunto de seis sillas alrededor de una mesa de patio metálica—. Ay de usted si se acerca.

—Entendido —dijo Gavin. Esperó hasta que todos se hubieron acomodado, luego volvió su atención a la mujer—. Cuando hablamos con Adele Marchant ayer, nos dijo que su hija había estado enferma y faltando a la escuela recientemente y que Carl cubrió su turno durante un par de días.

—Sí, Emily, que es mi hija menor, se resfrió y no terminaba de recuperarse —dijo Bonnie, ahuecando un cojín de lona azul y reclinándose en su silla—. Fue hace unas tres semanas. Tomé la decisión el lunes por la mañana de no dejarla ir a la escuela ya que estaba desarrollando fiebre, y por suerte Carl pudo hacer ambos días por mí.

—¿Siempre cubre su ruta si usted no puede trabajar? —preguntó Laura, levantando la vista de su libreta.

Bonnie negó con la cabeza.

—No siempre, y Emily no se enferma tan a menudo, pero él es, lo siento, *era* un santo absoluto ofreciéndose como voluntario si alguien necesitaba ayuda.

Sorbió por la nariz y dirigió su mirada hacia el arroyo, usando las yemas de sus dedos para limpiar lágrimas repentinas.

—Señora Hopkins, ¿podría decirnos el área que cubre su ruta? —dijo Gavin. Esperó mientras Laura desplegaba un mapa de su bolso y lo aplanaba sobre la mesa—. Aylesford, ¿no es así?

—Sí. —Bonnie sorbió, luego se inclinó hacia adelante y acercó el mapa—. La mayoría de mis entregas son hacia el oeste hasta allí, al este hasta West Malling y luego al norte de Snodland de camino de vuelta a Maidstone. Eso incluye todos los pueblos intermedios como Burham.

Laura usó un lápiz para trazar el área mientras Bonnie hablaba.

—¿Y Carl habría cubierto esta área mientras trabajaba en su turno hace tres semanas?

—Sí, es correcto. Quiero decir, solo iría a las tiendas del pueblo si había algo que entregar ese día, por supuesto.

—Gracias.

Laura le pasó el mapa a Gavin y él recorrió con la mirada el límite que ella había dibujado antes de levantar la vista hacia Bonnie.

—Cuando volvió al trabajo el, ¿miércoles…?

—Miércoles, sí.

—¿Carl le mencionó algo que le pareciera fuera de lugar en esa ruta? ¿Quizás algo que le perturbara?

—¿En qué sentido? —La voz de Bonnie tenía un tono defensivo mientras miraba de Laura a Gavin—. ¿Alguien ha presentado una queja?

—Nada de eso —dijo Gavin con voz suave—. Estamos tratando de averiguar si quizás la muerte de Carl podría estar relacionada con su trabajo, o algo que pudiera haber visto o escuchado mientras hacía su ruta.

—Cuando nos enteramos de que había cubierto su turno hace unas semanas, nos preguntamos si quizás le habría dicho algo a usted cuando regresó al trabajo —añadió Laura.

—No, no lo hizo. —Los hombros de Bonnie se relajaron un poco, aunque una arruga le surcó la frente —. Aunque, pensándolo bien, estaba más callado de lo normal cuando volví al trabajo el miércoles por la mañana. En ese momento pensé que quizás estaba incubando algo, como le había pasado a Emily.

—¿Notó algo más? —dijo Gavin.

Bonnie apoyó el mentón en su mano, bajando la mirada al suelo. —Como dije, estaba callado en el depósito esa semana. Solíamos reírnos mientras trabajábamos, limpiando los camiones al final del turno y ese tipo de cosas. Siempre hay varios de nosotros allí en cualquier momento, y se da el típico chascarrillo. Él parecía… preocupado. Un par de veces, Adele tuvo que repetirse porque él no estaba escuchando.

—Ella no nos mencionó eso —dijo Laura, con el bolígrafo suspendido sobre su libreta.

Bonnie se enderezó y logró esbozar una sonrisa. —Probablemente lo ha olvidado; tiene mucho que hacer en ese puesto, y ya estamos con falta de personal.

—Usted dijo que esa fue la semana que estuvo ausente, hace tres semanas —dijo Gavin—. ¿Qué tal las últimas dos semanas? ¿Cómo se veía Carl entonces?

—Si acaso, estaba aún más callado la semana anterior. Nervioso por algo, también. —Bonnie se mordió el labio.

—¿Le preguntó qué le pasaba?

—No quería entrometerme; me preguntaba si quizás había problemas en casa, algo así. Pensé que esperaría otra semana y si seguía pareciendo decaído, entonces le preguntaría esta semana.

El rostro de Bonnie se entristeció. —Y ahora, por supuesto, nunca tendré la oportunidad.

CAPÍTULO 28

Kay se ató el cabello en una coleta baja y colocó su vaso de cerveza en una mesa de madera junto al sofá antes de sentarse en la alfombra de la sala de estar, con las piernas cruzadas debajo de ella.

Dos gatitos blancos y atigrados salieron rodando de una pequeña caja de cartón que Adam había volcado sobre la alfombra frente al televisor, con sus cortas colas en alto mientras se perseguían alrededor de la mesa de centro.

Kay se rio, luego tomó un palo con un pez de juguete atado al extremo y lo agitó sobre un gatito carey que se asomaba por la puerta abierta de su recinto de alambre junto a ella.

—Sabes que está esperando a que te acerques más para darte otro zarpazo —dijo Adam, inclinándose desde el sofá para recoger a su hermano antes de que quedara atrapado en el fuego cruzado.

—No lo hará —dijo Kay—. Ya se está acostumbrando a mí, mira… ¡ay!

—Te lo dije. —Adam se rio, sacudió la cabeza y luego dio un sorbo a su cerveza antes de volver su atención al partido de fútbol en la televisión.

Kay colgó la caña de pescar en la parte superior de la jaula antes de unirse a él, luego balanceó sus piernas sobre el brazo del sofá y apoyó su cabeza en el hombro de Adam mientras comenzaba la segunda mitad del partido.

Barnes había insistido en que ella saliera de la sala de incidentes al mismo tiempo que él en lugar de trabajar hasta tarde como de costumbre, razonando que hasta que tuvieran un avance en la investigación, bien podría descansar lo más posible.

No podía cuestionar su lógica; después de todo, era una razón sólida y una que ella misma había usado con suficiente frecuencia al dirigir a su equipo.

Solo necesitaban que una pieza de información llegara a sus escritorios para proporcionarles el avance que tan desesperadamente necesitaban, y no habría descanso para ninguno de ellos hasta que el asesino de Carl Taylor fuera arrestado.

Miró el nuevo arañazo en el dorso de su mano con una mueca de pesar, luego extendió la mano cuando Adam le pasó un cuenco de patatas fritas.

Tomando un puñado, miró la pantalla de su teléfono móvil cuando comenzó a vibrar sobre la mesa de centro frente a ellos.

—Es Laura, voy a tener que contestar —dijo, tomando el móvil de la mesa.

—¿Quieres que silencie esto?

—No, no te preocupes. Iré a la cocina. ¿Quieres otra bebida cuando vuelva?

—Por favor. Voy a necesitarla si estos conceden otro gol como el último.

Ella sonrió, tomó su cerveza y contestó el móvil mientras caminaba por el pasillo.

—Siento llamarte a casa, jefa —dijo Laura—. Pensé que te gustaría una actualización ahora en lugar de esperar hasta la mañana.

—No hay problema. —Kay dio un sorbo a la cerveza, colocó el vaso en la encimera de la cocina y se deslizó en uno de los taburetes a su lado—. ¿Cómo te fue con Bonnie Hopkins?

—Dio la impresión de que ella y Carl trabajaban estrechamente juntos —dijo la agente—. Nada inapropiado, solo que se llevaban muy bien, lo que supongo es por lo que sintió que podía contar con él para cubrir su ruta cuando su hija se enfermó la otra semana. También nos proporcionó una guía aproximada del área que cubre su ruta de entrega habitual, así que puedo poner a Hughes a trabajar en eso a primera hora mañana.

—Buen trabajo.

—Gracias, jefa.

Laura hizo una pausa al otro lado de la línea, y Kay podía oírla pasando páginas.

—Una cosa que Bonnie nos dijo fue que cuando volvió al trabajo el miércoles, Carl había cambiado: siempre era del tipo hablador, pero después de cubrir ese turno suyo hace tres semanas, dijo que estaba más callado de lo habitual, y nervioso también.

—¿Te dijo por qué?

—No, dijo que planeaba preguntarle esta semana si las cosas no habían mejorado. Dijo que se preguntaba si él y Helen estaban teniendo problemas en casa, por lo que no quería preguntarle directamente de inmediato.

Kay dejó su vaso, olvidando la bebida. —Me pregunto si no quería decírselo.

—¿Cree que tal vez ella estaba tramando algo y él lo descubrió? —La voz de Laura tenía un tono de asombro—. Maldita sea, jefa, ni siquiera había considerado eso.

—No saquemos conclusiones precipitadas todavía. Pero algo inquietó a Carl esa semana, ¿no? Es decir, dijiste que Bonnie no mencionó nada sobre que él estuviera fuera de sí la semana anterior a cubrir su ruta, solo después.

Laura guardó silencio un momento, y los pensamientos de Kay cambiaron de marcha.

—Te diré qué: haz lo que acordamos. Trabaja con Hughes para investigar los tipos de negocios en esa área de Bonnie, y cuando llegue mañana por la mañana, trabajaré con Barnes para indagar en el pasado de Steve Luxford. También haré que Gavin revise el sistema y vea quién vive en el área que cubre la ruta de Bonnie para averiguar qué condenas previas podrían tener.

—¿Todavía crees que su muerte está relacionada con su trabajo, en lugar de su vida personal? —dijo Laura.

—No estoy descartando nada por el momento —dijo Kay—. No hasta que averigüemos qué conecta a Carl cubriendo el turno de Bonnie, ese paquete de cocaína escondido en su casa, o por qué terminó congelado hasta la muerte y abandonado en el taller de Mike O'Connor.

CAPÍTULO 29

Kay empujó con el codo la puerta lateral de la comisaría a la mañana siguiente, con un vaso de café para llevar en una mano y una bolsa de papel grasienta en la otra.

Hughes levantó la vista de los papeles que estaba revisando en el mostrador de recepción cuando ella dobló la esquina para subir las escaleras y alzó la nariz al aire.

—¿Bocadillos de beicon?

Ella sonrió.

—Necesito que Barnes me haga un favor más tarde. Pensé en apelar a su lado bueno.

—¿Te refieres a su estómago? —Hughes se rio—. Debería funcionar, sin problema.

—Eso pensé. Nos vemos luego.

Aún sonriendo, subió las escaleras que llevaban al

primer piso y se dirigió hacia la sala de incidentes asignada para la investigación.

Antes de llegar a la puerta, Gavin salió apresuradamente con la chaqueta a medio poner y las llaves en la mano.

—¿Te vas? —dijo Kay, haciéndose a un lado para dejar pasar al joven detective.

—Voy a ese lugar de distribución de cadena de frío en Laddingford, jefa.

—Buen trabajo, nos vemos luego.

Kay sonrió mientras él se alejaba apresuradamente y volvió su atención a la sala de incidentes.

La recibió un bullicio de ruido.

Varios de sus colegas ya estaban en sus escritorios a pesar de la hora temprana, con los ojos fijos en las pantallas de sus ordenadores mientras el *tac tac* de los dedos golpeando los teclados llenaba los silencios en la conversación.

Laura y Hughes tenían las cabezas inclinadas mientras estaban sentados uno al lado del otro en dos escritorios en la esquina más alejada, y al ver un gran mapa del área local extendido sobre la mesa junto a ellos, se dio cuenta de que ya estaban trabajando en las tareas que le había asignado a la joven agente la noche anterior.

Kay se deslizó entre un grupo de escritorios y una fotocopiadora, y luego colocó el sándwich embolsado en el escritorio de Barnes mientras él terminaba una llamada telefónica.

Él levantó el pulgar mientras ella encendía la pantalla de su ordenador e iniciaba sesión.

Dejó escapar un gemido cuando vio la lista de nuevos correos electrónicos esperándola, y contuvo una maldición ante una solicitud de reunión de Sharp para que se uniera a él esa mañana en la sede central.

Una reunión informativa con la comisario jefa era lo último que quería hacer en medio de una investigación de asesinato, pero si quería retener al personal que se había unido al equipo en los últimos días para ayudar, entonces una solicitud de actualización del progreso era inevitable.

Emitió un resoplido cuando leyó la última línea del correo electrónico que sugería una forma de avanzar en la investigación.

Barnes terminó su llamada y miró por encima de su escritorio hacia ella.

—Gracias por el desayuno. ¿Por qué esa cara larga?

Ella le permitió salirse con la suya con el comentario, ya que ninguno de los otros estaba al alcance del oído, sabiendo que su falta de tratamiento formal hacia ella dentro de la sala de incidentes era simplemente su manera de intentar levantarle el ánimo un poco.

No había mucha gente que pudiera salirse con la

suya, y no había muchos que entendieran las responsabilidades subyacentes que venían con su rango.

Barnes sí lo entendía.

Kay suspiró, cedió ante su punto y se obligó a relajarse.

—Sharp quiere que asista a una reconstrucción de los últimos movimientos de Carl y Will con él esta mañana. La comisario jefa insistió en invitar a algunos periodistas.

—Oh, qué suerte la tuya. —Barnes terminó el sándwich caliente, se limpió los dedos con un pañuelo de papel y tiró la basura en el cubo debajo de su escritorio—. Gracias por eso. ¿Cuál es el plan de ataque para esta mañana, entonces? Probablemente viste a Gavin saliendo hace un momento.

—Sí, y con suerte ese ángulo de la investigación podría arrojar algo que podamos usar. —Kay recogió una pila de carpetas de manila que habían sido apiladas a un lado de su escritorio y las dejó caer en su bandeja de entrada—. Lo que tú y yo necesitamos hacer antes de que desaparezca hacia la sede central es verificar los antecedentes de Steve Luxford. Su antiguo negocio de lavado de coches era una empresa constituida, así que deberíamos poder confirmarlo. Quiero saber cuáles fueron sus negocios anteriores y si hay algún rastro de dinero entrando y saliendo de ellos. Si podemos encontrar balances en el sitio web de Companies House, podríamos detectar algo que nos cause preocupación, o al menos una razón para indagar más profundamente.

Barnes acercó su silla a su escritorio, sus dedos ya tipeando en su teclado.

—¿Qué tenemos aquí…? Vale, lo que dijo sobre el negocio de lavado de coches es cierto, mira. Lo vendió hace tres meses y no ha registrado un nuevo negocio desde entonces.

Kay se movió hacia el lado de los dos escritorios y se hundió en una silla libre.

—¿Qué hay de los negocios anteriores? ¿Era una empresa constituida o un empresario individual antes de ese?

—Si era un empresario individual, no encontraremos nada aquí.

Barnes introdujo el nombre de Luxford en la barra de búsqueda una vez más, luego se recostó en su silla y emitió un gruñido de sorpresa.

—Dos empresas limitadas anteriores, ambas disueltas. La anterior al lavado de coches era un concesionario de coches usados cerca de Thanet.

—Entonces sabe una o dos cosas sobre cómo dirigir un negocio —dijo Kay, con la barbilla en la mano mientras se inclinaba más cerca. Revisó los escasos detalles listados—. Bien, así que por lo que podemos ver aquí, tiende a comerciar legítimamente…

—Aunque se muestre insensible sobre la situación de O'Connor.

—Cierto. —Kay suspiró—. Pero eso no lo convierte en un asesino, ¿verdad?

Barnes frunció el ceño.

—Mi intuición me dice que está tramando algo, incluso si no está relacionado con la muerte de Carl Taylor. Quiero decir, mira estas microcuentas que figuran para el concesionario de coches usados. No estaba ganando mucho con ello.

—¿Crees que la mayor parte de su comercio se hacía solo en efectivo?

—Sería una manera fácil de blanquear dinero, ¿no?

El corazón de Kay dio un salto mientras se volvía hacia su colega.

—Lo sería, aunque no tenemos nada que sugiera que Luxford tenga algo que ver con las drogas, así que ¿cómo lo vincula eso con el asesinato de Carl?

—No lo sé, jefa, pero creo que vale la pena dedicar más tiempo a investigarlo.

Kay miró su reloj, luego empujó la silla hacia atrás y se dirigió a su escritorio. —Bueno, me tengo que ir para no quedar atrapada en el tráfico. Crucemos los dedos para que esta reconstrucción refresque la memoria de la gente.

—Es una buena idea, aunque vayan a estar los reporteros ahí —dijo Barnes—. Los teléfonos han quedado en silencio y no tenemos pistas reales. Supongo que, ya que me has alimentado, hay algo que quieres que haga mientras estás fuera, ¿no?

—Sí, ¿puedes arreglar para hablar con Charlotte Luxford y avisarme si averiguas algo de ella que pueda ayudar con las verificaciones de antecedentes de los negocios de su marido?

—Lo haré —Barnes levantó su taza de café—. ¿Quieres que le pregunte algo en particular?

—Sí, pregúntale si cree que su marido mató a Carl Taylor.

Kay sonrió al escuchar a su colega atragantarse con su bebida mientras se apresuraba a salir.

CAPÍTULO 30

Gavin tiró de las mangas del traje protector hasta las pantorrillas sobre sus manos y se acurrucó junto a un juego de puertas de acero abiertas, incrustadas en una pared del doble de largo que la sala de incidentes.

Su aliento se congelaba en el aire frente a él, con la piel de gallina erizándose en sus brazos mientras miraba a través de anchas tiras de plástico que colgaban del marco de la puerta, con el sonido de motores de camiones retumbando tras una puerta de chapa ondulada a su espalda.

Su cabello normalmente en punta estaba cubierto con un gorro de plástico azul, sus zapatos enfundados en botines a juego similares a los que usaba en escenas de crimen activas.

Mirando de sus botines al suelo embaldosado, notó que el pasillo estaba impecablemente limpio.

Las manijas de las puertas brillaban, y un leve olor a desinfectante llegó hasta él cuando otra puerta de acero al final del pasillo se abrió.

Un hombre de unos cuarenta años se apresuró hacia él, con un portapapeles en la mano y una expresión perpleja en el rostro.

—Detective Piper, disculpe la espera —soltó antes de que la puerta se cerrara tras él. Estaba sin aliento cuando llegó junto a Gavin y le entregó un chaleco amarillo de alta visibilidad—. Soy Rupert Penrose, Gerente de Operaciones. Necesitará usar esto una vez que estemos allí dentro.

Gavin se deslizó el chaleco sobre la chaqueta y usó los cierres de velcro para asegurarlo sobre su pecho. —Gracias por permitirme echar un vistazo.

—No estoy seguro de qué ayuda puedo brindarle en su investigación. Sería muy extraño que ocurriera cualquier tipo de irregularidad aquí. Llevamos un barco bien dirigido, ¿sabe? —Sus pasos susurraron sobre las baldosas mientras cambiaba el portapapeles a su otra mano y le hizo un gesto a Gavin para que lo siguiera a través del área cortinada.

Una nueva ráfaga de aire frío se arremolinó alrededor del cuello de Gavin cuando entró en el cavernoso espacio más allá, y levantó el cuello de la chaqueta protectora.

Después de las instrucciones de Kay de visitar el sitio en la reunión informativa de ayer, Gavin había pasado el tiempo entre realizar otras entrevistas a testigos y archivar papeleo desarrollando su estrategia de entrevista.

El sitio web de la empresa era engañosamente opaco sobre lo que sucedía detrás de la alta cerca de alambre que separaba su explanada de hormigón de la carretera secundaria más allá, y Gavin estaba ansioso por ver qué había detrás.

Penrose se detuvo junto a una carretilla elevadora de color verde brillante y agitó su mano sobre las líneas de palés apilados que llenaban el almacén.

—¿Qué sabe sobre la distribución de cadena de frío, detective?

El gerente de operaciones tuvo que alzar la voz por encima del ruido de una cacofonía de maquinaria mientras las unidades de refrigeración luchaban por dominar el traqueteo de los palés siendo movidos y el zumbido de las carretillas elevadoras mientras los conductores iban y venían rápidamente.

—Solo lo que he podido deducir de su sitio web —respondió Gavin, medio esperando que su aliento se empañara frente a su rostro en la atmósfera helada—. Ustedes actúan como un tercero entre los productores locales de alimentos y las principales cadenas de supermercados. Aparte de eso, no había mucho más que saber.

—Preferimos mantenerlo así. —Penrose señaló un camino demarcado que zigzagueaba a través de la

—¿Van a filmar toda la ruta desde el último punto de entrega? —dijo ella.

—Sí, lo editarán en una secuencia más corta, pero quiero capturar tantos puntos de referencia familiares para los lugareños como sea posible. —Se detuvo junto a ella y miró hacia el equipo de cámaras—. Espero que eso ayude a refrescar la memoria de la gente.

—¿Qué hay de las imágenes de videovigilancia que tenemos de la tienda de antigüedades?

Sharp negó con la cabeza.

—Podría ser demasiada información por el momento, hasta que sepamos quién es ese. Especialmente dada la situación con las drogas.

Un hombre de unos veinte años sosteniendo un micrófono en un largo palo estaba parado junto a un camión frigorífico que Adele Marchant les había prestado para la reconstrucción. Parecía aburrido, apoyando su peso en un pie mientras se frotaba la parte posterior de la pierna con su zapato desgastado.

Frente a él, el camarógrafo mayor se apoyaba contra la cabina del conductor, señalando el ángulo propuesto a lo largo del camino que quería que el conductor tomara. Asintió, se alejó y se rio antes de hacer gestos para que todos se apartaran del plano que quería mientras levantaba la cámara a su hombro.

Kay frunció el ceño.

—Cualquiera pensaría, por la forma en que esos dos se están comportando, que están filmando un maldito comercial en lugar de los últimos momentos de la vida de alguien.

—Para ellos, es solo otro trabajo —dijo Sharp, metiendo las manos en los bolsillos—. Vamos, esperemos por aquí mientras filman esta parte para no estar en el plano.

La guio hacia un apartadero poco profundo, dando la espalda al seto de espino negro.

Cuando Kay se unió a él, escuchó el zumbido de las abejas, el aire denso con dulce polen. Un motor de tractor se movía de un lado a otro más allá del seto, el raspado de la maquinaria llegando a sus oídos mientras pasaba con una empacadora de heno bajada hacia la tierra.

El campo aún estaba rebosante de vida en esta época del año, contrastando fuertemente con el recordatorio de que dos hombres habían perdido sus vidas de una manera tan horrible.

Suspiró, viendo pasar el camión antes de que alguien gritara "¡corte!" y la cámara se bajara una vez más.

—¿Quieres pasar a la siguiente ubicación? —dijo después de que el conductor se detuviera al lado del camino para esperar más instrucciones.

—Hablemos primero con los reporteros —dijo Sharp—. Al menos así podremos responder cualquier pregunta que tengan mientras avanzamos en lugar de esperar hasta el final. Podría ayudarnos a ajustar las imágenes planeadas si creemos que hemos pasado por alto algo.

—De acuerdo.

Un pequeño grupo se reunió junto al ingeniero de sonido, un grupo selecto de periodistas que habían sido invitados por el equipo de relaciones con los medios para asistir a la reconstrucción y dar un relato personal de los acontecimientos, en lugar de confiar únicamente en el producto final.

Kay reconoció a Jonathan Aspley del *Kentish Times* en la parte trasera del grupo, el reportero sostenía su móvil en la oreja mientras los observaba acercarse.

Levantó la mano en señal de reconocimiento, terminó la llamada y se separó del grupo.

—Detective Hunter —dijo, con el móvil extendido frente a él—. ¿Esta reconstrucción indica que no tienen sospechosos en el asesinato de Carl Taylor o Will Nivens?

Otros seis reporteros se apartaron del ingeniero de sonido, su interés despertado.

Kay echó un vistazo a los rostros ansiosos, se obligó a mantener la calma y le dio a Jonathan una pequeña sonrisa.

—En absoluto, señor Aspley. Como sabe por investigaciones anteriores que ha cubierto, tenemos que recopilar toda la evidencia posible para presentar un caso al Servicio de Fiscalía de la Corona. Esta reconstrucción es simplemente una forma de transmitir al público en general cuán importantes pueden ser sus contribuciones si recuerdan haber visto a Carl o Will en las últimas horas de sus vidas.

—Bien hecho —murmuró Sharp por la comisura de la boca—. Bien, damas y caballeros. Dos preguntas más, y luego debemos pasar a la siguiente ubicación. ¿Suzi?

—¿Carl Taylor estaba teniendo una aventura?

Kay contuvo un gruñido al ver a la reportera de la prensa amarilla.

Suzi Chambers tenía una reputación de ser sensacionalista, algo que le había salido mal en más de una ocasión. De alguna manera, la mujer siempre se las había arreglado para abrirse camino de vuelta, y parecía que una vez más estaba buscando usar una investigación de asesinato para impulsar su carrera.

Escuchó a Sharp tomar una respiración profunda antes de responder.

—Esperaría un poco más de profesionalismo, incluso de usted —dijo—. Siguiente pregunta.

La sonrisa de Suzi se desvaneció mientras sus hombros se hundían, evidentemente decepcionada de no obtener la reacción que había estado buscando.

Kay le lanzó una mirada fulminante, luego escuchó mientras Sharp explicaba a un reportero de la estación de noticias de televisión local lo que la policía esperaba obtener con la ayuda del público.

Hecho esto, el grupo se dispersó hacia sus coches.

Suspiró mientras seguía al comisario de vuelta a su vehículo, y esperaba que el resto de sus colegas tuvieran mejor suerte con sus esfuerzos.

CAPÍTULO 32

Barnes levantó la vista de la pantalla de su teléfono móvil cuando una mujer de unos treinta y tantos años se apresuró a cruzar Jubilee Square hacia donde él esperaba junto a un banco de madera.

El sonido de sus tacones resonaba sobre los adoquines decorativos colocados por el ayuntamiento durante la remodelación de hace varios años, que reflejaban el calor del sol.

Barnes se pasó el dedo alrededor del cuello de la camisa mientras ella se acercaba, ya echando de menos la sala de incidentes con aire acondicionado.

La falda y la chaqueta azul marino de la mujer estaban hechas de un material ligero, y llevaba una blusa color crema debajo. Al notar su mirada, ella se llevó la mano al pecho y se quitó una placa con su nombre que llevaba prendida encima del seno izquierdo, guardándola en su bolso.

—¿Señora Luxford?

—Charlotte, por favor —dijo ella, señalando el banco—. Gracias por no venir a la oficina, detective Barnes. No creo que hubiera sido bien recibido, dado que aún estoy en mi período de prueba con ellos.

—¿Cómo va el trabajo? ¿Lo está disfrutando?

Ella forzó una sonrisa.

—Podría prescindir de tener que trabajar los sábados. Pero es dinero que entra, eso es lo principal. ¿Ha pasado usted por un divorcio, detective?

—Una vez. Fue suficiente.

—Exactamente. Quiero lo mejor para nuestras hijas, pero eso no significa que quiera depender de los ingresos de Steve para criarlas. De ahí que trabaje para la agencia inmobiliaria. Servirá por ahora. —Colocó su bolso entre ellos, enrollando la correa de cuero alrededor de sus dedos—. Entonces, ¿de qué quería hablarme?

—Estamos investigando la muerte de un hombre que fue encontrado asesinado y abandonado en un coche…

—¿El hombre encontrado en el local de O'Connor? —Arrugó la nariz, desviando la mirada hacia un grupo de adolescentes que pasaban sin rumbo—. Sí, oí hablar de eso. Steve hizo una oferta por el lugar hace unas semanas.

—Ha hecho una oferta más baja desde entonces.

Los ojos de Charlotte volvieron a fijarse en él, con la boca abierta.

—¿En serio?

—Parece sorprendida.

—Bueno, es… inusual, ¿no? Quiero decir, no puedo imaginar que alguien quiera comprar un coche de ese lugar.

—¿Cree que su marido podría pensar que si entra un nuevo propietario, el negocio volverá a repuntar?

Ella se mordió el labio.

—Es posible, supongo.

—¿Tuvo usted alguna participación en el último negocio de coches usados que Steve dirigió? ¿El de Thanet?

—No. —Una sonrisa casi apareció en la comisura de sus labios—. Estaba embarazada de nuestra hija mayor en ese momento. De todos modos, solo lo dirigió durante un año, y luego tuvo la oportunidad de comprar el negocio del lavadero de coches.

—¿Por qué cambió a eso?

—Steve tiene poca capacidad de atención, detective. Se aburrió y le apeteció un cambio. Imagino que es lo mismo esta vez: tres años es lo máximo que le he conocido estar en un mismo lugar. —Soltó una risa amarga—. Es por eso que el matrimonio no le iba bien, ni ser un padre responsable.

Barnes se movió en su asiento para ver mejor su rostro.

—Charlotte, necesito preguntarle: ¿tiene alguna sospecha de que Steve pudiera estar involucrado en algo ilegal?

Registró el destello de sorpresa en sus ojos y esperó.

Finalmente, ella negó con la cabeza.

—No creo —dijo—. Mire, sé que probablemente conoce a algunos personajes desagradables, eso viene con el oficio de vez en cuando, especialmente en ese extremo inferior del mercado. Pero no creo que hiciera nada ilegal.

—¿Podría alguien haberlo utilizado para hacer algo ilegal? ¿Chantaje, tal vez?

—No —dijo con vehemencia, pero luego su rostro se relajó—. Steve no haría nada que no quisiera hacer. Además, ¿por qué alguien lo chantajearía, y cómo? Steve puede parecer un tipo rudo, pero todo lo que siempre ha querido es salir adelante en la vida.

Barnes apartó la mirada de ella y reprimió su frustración.

—Está bien, Charlotte —dijo finalmente—. Gracias por su tiempo. Lo aprecio.

Ella asintió y se levantó del banco, luego hizo una pausa y lo miró por encima del hombro.

—Hablaba en serio sobre Steve. Fue un pésimo marido, pero no es un asesino, detective.

Barnes se recostó mientras ella se alejaba y miró su reloj.

Kay todavía estaría en la reconstrucción de la escena del crimen con Sharp.

Suspiró, luego levantó la vista para ver a Charlotte Luxford desaparecer en una curva del camino y perderse de vista.

De alguna manera, creía lo que ella decía sobre su marido.

Se levantó del banco de madera y se desabrochó la chaqueta mientras giraba hacia Gabriel's Hill en dirección a la comisaría.

—Estamos ladrando al árbol equivocado —murmuró.

CAPÍTULO 33

A la mañana siguiente, Kay estacionó su coche en un espacio libre frente a la sede de la Policía de Kent en Northfleet y se apresuró hacia la explanada fuera del moderno edificio de oficinas de cuatro pisos.

Una estructura de hormigón rodeaba los cristales oscuros de privacidad que daban a una concurrida carretera principal que recorría la costa norte de Kent junto a Gravesend.

La moderna estructura contrastaba marcadamente con el edificio de ladrillo rojo de finales de los años 30 que había albergado la sede de la policía hasta el año anterior, y había algunos detractores dentro de la División Oeste sobre la decisión de mudarse al este.

A pesar de esto, la mayoría de sus colegas de Sutton Road estaban entusiasmados con el traslado.

Como Adam había señalado, visitar este lugar conllevaba un tipo diferente de riesgo para Kay.

Desde que ella y su equipo habían descubierto a un par de oficiales corruptos trabajando junto a uno de los peores traficantes de personas del país, había evitado el lugar, sin querer enfrentarse al rencor tácito de algunos que resentían su eventual ascenso a inspectora a expensas de antiguos colegas una vez respetados.

Así se encontró aquí un domingo por la mañana, esperando evitar a cualquiera que pudiera ofenderse por su presencia.

Llevaba una bandeja de cartón con dos grandes vasos de café para llevar en una mano y balanceaba su bolso sobre el hombro con la otra, depositando las llaves del coche dentro mientras cruzaba el camino de hormigón y llegaba a las puertas principales.

Kay pasó su tarjeta de seguridad por un panel instalado en la pared y subió rápidamente por un tramo de escaleras, siguiendo las señales hacia el equipo de forense digital. Al llegar al rellano, se dirigió por un pasillo silencioso hasta el final y golpeó con los nudillos una puerta de color haya con un panel de visión incrustado en la madera sobre el picaporte.

Momentos después, una figura apareció a la vista y escuchó un *bip* antes de que se liberara el mecanismo de cierre.

—Buenos días, Hunter.

—Gracias por hacer esto, Andy.

—No tengo vida social. Tienes suerte. —La boca de Grey se crispó mientras cerraba la puerta detrás de ella y la guiaba hacia un conjunto de seis pantallas.

—¿Cómo te estás adaptando aquí? —dijo, entregándole uno de los cafés y mirando por la ventana—. La vista no es mucho mejor, ¿verdad?

—Como si tuviera tiempo para mirar por ahí y soñar despierto —murmuró, pasándose una mano por el pelo rebelde—. Todavía no hemos localizado una caja de lentes de cámara que desapareció durante la mudanza desde Maidstone.

—Vaya. —Kay dio un sorbo a su vaso de café para llevar y señaló las pantallas—. ¿Cómo te fue con nuestras imágenes de videovigilancia? ¿Algo útil?

—En realidad, eso ha sido un faro de luz brillante en una semana por lo demás pésima, Hunter. —Le indicó que se sentara en una de las dos sillas de pedestal junto al escritorio y se hundió en la otra—. Sin embargo, empezaré con las malas noticias primero. Esta grabación de aquí, la que proporcionó el dueño de la tienda de antigüedades, es lo mejor que vamos a conseguir, y me temo que no te será de ninguna utilidad.

Kay entrecerró los ojos ante la imagen pixelada en la primera pantalla y suspiró.

—Si esta es tu idea de progreso, Andy…

—Espera, recuerda que dije que esta semana no fue toda una mierda. Mira esta. —Tocó la pantalla del medio y luego movió el ratón sobre los controles para hacer zoom—. Esta es una cámara de videovigilancia fuera de una tienda de periódicos en Sittingbourne. Este hombre sale de este callejón y se sube a una moto estacionada fuera de la tienda. Y este es un ángulo diferente que lo muestra entrando al callejón por el otro extremo, cerca de un bufete de abogados. Así que, probablemente es…

—…el tipo que estaba vigilando a Helen Taylor. —La voz de Kay tenía un tono de asombro mientras el experto en forense digital hacía clic en una secuencia de botones y aparecía una nueva fotografía en pantalla con mayor claridad—. Eso es perfecto.

Una nueva emoción la invadió mientras miraba de una imagen a otra, y luego su mirada cayó sobre la secuencia de números mostrada en la parte inferior de cada pantalla.

—Mierda. Espera, este no puede ser nuestro tipo. Mira la marca de tiempo aquí, no podría haber estado vigilando la oficina de Helen entonces. Este es el mismo marco de tiempo en el que sabemos que las llantas del camión de Carl fueron rajadas.

—Sí estaba vigilándola —dijo Andy, sosteniendo dos imágenes ampliadas—. Son dos personas diferentes.

Kay tomó las fotografías de él e inmediatamente vio a qué se refería.

La primera figura, el motorista, era de complexión delgada y parecía estar a finales de sus años adolescentes o principios de los veinte.

El segundo hombre era mayor, más corpulento, y se movía con el andar de alguien con una lesión en la rodilla o similar, con su peso apoyado en la pierna izquierda mientras se detenía para cruzar la concurrida intersección.

—Por favor, dime que sabes quiénes son —dijo, devolviéndole las fotografías a Andy.

Él sonrió y tocó la imagen del hombre más joven.

—Solo he podido obtener el nombre de uno de ellos a través de los registros de la Agencia de Licencias de Conducir y Vehículos: Adrian Whitely, diecisiete años. Los registros muestran que vive con su padre en Boxley.

—Bueno, uno de dos no está mal, te lo concedo —dijo, ya empujando su silla hacia atrás.

—Creo que si tienes una charla tranquila con él al alcance del oído de su padre, podrías averiguar quién es este otro tipo también.

Kay le guiñó un ojo y le dio una palmada en el hombro.

—Mejor voy a arruinarles el fin de semana entonces, ¿no crees?

CAPÍTULO 34

Laura se alisó la chaqueta del traje y se quedó esperando frente a la puerta cerrada de la sala de interrogatorios número tres. Su entusiasmo se vio atenuado por el recuerdo reciente de un adolescente aterrorizado que había sido conducido a la sala diez minutos antes.

Adrian Whitely iba acompañado de su padre, un hombre de unos cincuenta años que emanaba una actitud problemática y apestaba a sudor rancio.

El hombre le había lanzado una mirada fulminante al pasar tras su hijo y Harry Davis, el sargento de custodia de turno ese fin de semana.

En comparación, el adolescente parecía encogido dentro de unos vaqueros holgados y una camiseta blanca mal ajustada que le caía sobre la cintura, con los pies metidos en unas zapatillas deportivas de marca tan grandes que hacían que el resto de su delgada figura pareciera un palo de hockey.

Harry le había asentido al salir, y luego regresó momentos después con un hombre en un traje arrugado que parecía haber sido sacado apresuradamente del cesto de la ropa sucia, presentándolo como el abogado solicitado por la familia, antes de conducirlo a la sala.

Laura golpeó una carpeta manila contra su pierna del pantalón y caminó por el suelo embaldosado mientras esperaba que Kay se uniera a ella, sus ojos recorriendo las páginas de su libreta.

No había nada que sugiriera que el adolescente tuviera un historial de problemas. Su nombre nunca había aparecido en un cargo juvenil, ni había sido asociado con nadie que interesara a la policía.

Entonces, ¿por qué ahora?

—¿Ya ha llegado su abogado?

Laura levantó la vista de sus notas cuando Kay se acercó, e indicó con la barbilla hacia la puerta. —Llegó hace un par de minutos.

—Bien, pues ya es tiempo suficiente para que se hayan conocido. Empecemos.

Con eso, la inspectora pasó su tarjeta por el cerrojo y entró en la sala, caminando hacia la mesa y dejando caer una pila de carpetas manila frente al adolescente.

Los ojos de Adrian se agrandaron ante la montaña de documentación, y Laura reprimió una sonrisa.

Sin duda el adolescente se preguntaba cómo era

posible que su corta vida hubiera llenado tantas páginas, mientras que ella sabía que Kay usaba ese gesto como una forma de afirmar su autoridad sobre su joven entrevistado.

De hecho, la vida de Adrian Whitely hasta la fecha ocupaba menos de tres páginas de notas dentro del archivo en la mano de Laura, y la mayoría de eso era de una copia de un escueto currículum que había publicado en línea hacía nueve meses, enterrado en internet entre sus redes sociales y un débil intento de perfil en un popular sitio web de búsqueda de empleo.

Laura extendió la mano y presionó el botón de "grabar" en la máquina en el extremo de la mesa y mantuvo la mirada fija mientras recitaba la advertencia formal y presentaba a las personas en la sala. Una vez hecho esto, apoyó un brazo en la mesa y escuchó mientras Kay comenzaba la entrevista.

—Antes de comenzar, debo dejar claro que usted solo está aquí para actuar como tutor legal de su hijo, ¿queda claro, señor Whitely? No toleraré ningún intento de influir en las respuestas de Adrian a mis preguntas —dijo la inspectora—. Tampoco toleraré interrupciones. Si hay algún problema legal o preocupación con la dirección que tome esta entrevista formal, es responsabilidad del abogado de Adrian intervenir. ¿Lo entiende?

Laura observó cómo Whitely se ponía de un tono más oscuro de rojo, apretando la mandíbula.

El silencio descendió sobre la sala durante unos momentos antes de que asintiera.

—Está bien —dijo de mala gana.

El adolescente tragó saliva cuando Kay dirigió su mirada hacia él.

—Adrian, debo decir que me sorprende que alguien tan joven como tú esté involucrado en un doble asesinato, pero han pasado cosas más extrañas. —Kay abrió la carpeta manila en la parte superior de la pila frente a ella y sacó una fotografía.

El joven de diecisiete años se puso pálido al ver la forma congelada de Will Nivens tendida en una de las camillas de la morgue de Lucas, sus ojos se agrandaron ante la grotesca imagen. Se limpió la boca con la manga de su sudadera antes de bajar el brazo a su regazo.

—No lo conozco. Nunca lo he visto en mi vida —soltó.

Su voz temblaba, un repentino recordatorio de que aquí había alguien al borde de convertirse en adulto y apenas salido de su infancia.

Laura resistió el impulso de burlarse de él, reprimiendo su frustración de que tuviera algo que ocultar y deseando que su superior lograra extraer la información que tan desesperadamente necesitaban.

—De acuerdo —dijo Kay con brusquedad mientras volteaba otra fotografía—. ¿Qué hay de esta mujer?

Adrian echó un vistazo a la imagen de Helen Taylor y parpadeó. Se removió en su asiento, con ambas manos apretadas entre sus piernas, y luego se encogió de hombros.

—Responde a la pregunta, Adrian —espetó Kay—. Puedo retenerte aquí durante veinticuatro horas. Treinta y seis si mi comisario lo autoriza, y créeme, lo hará. Dos hombres están muertos y tú eres nuestro único sospechoso. Empieza a hablar.

El adolescente sorbió. Evitó cuidadosamente mirar a su padre, cuya mirada lo taladraba, una furia silenciosa emanando del hombre corpulento.

Kay se volvió hacia el abogado. —¿Cree que sería prudente pedirle al señor Whitely que abandone la sala, en caso de que Adrian se sienta más cómodo hablando con nosotros sin su presencia?

Laura contuvo la respiración, aliviada de no ser la única que percibía la tensión subyacente entre padre e hijo. Estaba segura de que Adrian sabía algo, pero Kay tenía razón: no iba a hablar.

Todavía no.

El abogado se aclaró la garganta y se reclinó en su asiento hasta que pudo ver más allá de Adrian hacia su padre. —La inspectora puede tener razón, señor Whitely. ¿Le importaría?

—¡Por supuesto que me importa, maldita sea! —Whitely echó hacia atrás su silla y apuntó con el dedo hacia Kay—. ¡Es mi maldito hijo y usted lo está amenazando!

—Señor Whitely —dijo Kay—, si no controla su

problema de actitud ahora mismo, no tendré más remedio que expulsarlo de esta sala de todos modos. Adrian será llevado a las celdas y continuaremos cuando se calme. De lo contrario, puede hacer lo que sugiere el abogado de Adrian. Usted decide.

Miró fijamente al hombre, sus facciones tranquilas mientras esperaba su respuesta.

Whitely se quedó de pie con los puños apretados como si estuviera listo para pelear y Laura bajó la mano hacia la mesa, sus dedos buscando el botón de emergencia ubicado bajo el marco de metal.

Finalmente, se dio la vuelta, golpeó la puerta y salió de la habitación, pasando junto al agente uniformado afuera sin mirar atrás.

Adrian dejó escapar un suspiro y se frotó la cara con las manos. —Gracias a Dios. Pensé que iba a estallar aquí por un momento.

Kay no se detuvo para dejar que el adolescente se relajara.

En su lugar, apartó las dos fotografías y golpeó otra sobre la mesa: la que Andy Grey había limpiado de las imágenes de videovigilancia de la figura vista junto al camión de Carl Taylor.

—¿Quién es este hombre?

Adrian jugueteó con el cordón de su sudadera con capucha, pasándolo de un lado a otro por sus labios mientras miraba fijamente la fotografía. —No lo sé.

—Fue grabado por la cámara rajando los neumáticos de ese camión estacionado al fondo. ¿Por qué haría eso?

—No lo sé. No sé quién es.

—Veamos si esto ayuda a refrescar tu memoria.

Kay alcanzó debajo de la primera carpeta, abrió una segunda y sacó otra imagen.

La que mostraba a Carl Taylor tendido en una camilla.

—Oh, Jesús. —Adrian se echó hacia atrás en su asiento una vez más—. ¿Quién demonios es él?

—Un hombre llamado Carl Taylor. —Kay ignoró su incomodidad y dispuso una secuencia de cuatro imágenes, todas mostrando el paquete de cocaína encontrado en la casa de Carl.

—Háblame de esto —dijo, golpeando con el dedo la más cercana—. ¿Por qué casi un kilo de drogas estaría escondido en el desagüe del patio trasero de un hombre muerto?

—No lo sé. —La voz de Adrian tembló mientras su mirada iba de Kay a su abogado, y de vuelta—. De verdad, no lo sé.

Kay volteó otra imagen que mostraba el cuerpo de Carl Taylor in situ en el asiento trasero del coche. —Me gustaría saber por qué este hombre fue primero dejado morir congelado en la parte trasera de su camión de reparto antes de ser movido y abandonado en la parte trasera de un coche en el taller de coches usados de Mike O'Connor.

—¿Qué?

Adrian se inclinó hacia adelante, frunciendo el ceño mientras miraba más de cerca la fotografía.

—¿Conoces a Mike O'Connor?

El adolescente permaneció en silencio, el temporizador digital en el frente de la máquina de grabación avanzando mientras el silencio se extendía.

Finalmente, se movió en su asiento e hizo una seña a su abogado antes de susurrarle al oído.

Laura observó cómo el abogado murmuró algo entre dientes y luego dirigió su atención a Kay.

—Mi cliente desea ayudar, pero quiere que conste que no tuvo nada que ver con el asesinato de estos dos hombres.

—De acuerdo —dijo Kay—. Escuchemos entonces, Adrian.

—No sé nada, ¿vale? —El adolescente se enderezó en su asiento—. Solo soy un repartidor.

Laura miró a Kay, su corazón latiendo aceleradamente.

La inspectora entrecerró los ojos. —¿Un repartidor? ¿Desde cuándo?

—Es solo a tiempo parcial, ¿sabe? En efectivo. Por eso no lo puse en ese currículum que tienen.

—¿Desde hace cuánto tiempo?

—Unos catorce meses, creo.

—¿Para quién?

—Una empresa de catering. Comida para llevar y

eso. Ya sabe, esas aplicaciones de comida que uno tiene en el móvil. Ellos cocinan todas esas comidas, y yo y algunos otros las repartimos. Hay un montón de nosotros con ciclomotores, y luego algunos de los otros tienen coches. Dinero fácil, ¿no?

—¿Dónde está? —dijo Kay—. ¿De dónde recoges la comida?

—Manejan la cocina desde un lugar cerca de Sandling. Hacen pizzas, comida asiática, hamburguesas, cosas así. Cualquier cosa que se pida, realmente.

—¿Cómo conoces a Mike O'Connor? ¿Le compraste tu ciclomotor?

—Nah. —El adolescente resopló—. Solía trabajar para él. Más o menos.

—¿En el taller?

—No, en el último lugar. El restaurante elegante que tenía. —El adolescente se removió en su asiento—. Bueno, no exactamente en el restaurante. Solían traernos para ayudar con el catering de vez en cuando.

—¿A quiénes?

—Alan, mi jefe en la cocina, y algunos de los otros repartidores. Solíamos ayudar.

Kay cruzó las manos sobre la mesa y lo miró fijamente. —¿Fue Alan quien te dijo que vigilaras a Helen Taylor?

—Supongo que sí. Es decir, no lo sé. Solo recibí un mensaje de texto con una foto de ella diciéndome que no fuera a trabajar ese día sino que me dirigiera a una dirección en Sittingbourne y que vigilara dónde trabajaba y luego enviara un mensaje cuando ella se fuera.

—¿Guardaste el mensaje de texto?

—No, lo borré.

—Entonces, ¿cómo sabías quién lo envió?

—Y-yo solo asumí que era Alan, ¿sabe? Siempre está cambiando su número de teléfono. —Una gota de sudor corrió por la frente del adolescente y miró al abogado de oficio—. Eso es todo lo que sé, lo juro. No tengo nada que ver con el tipo muerto en el coche. Ni siquiera sé quién es, ¿de acuerdo? No sé qué está pasando.

Kay extendió la mano y golpeó la fotografía de Carl Taylor.

—Este hombre, Adrian, es el esposo de la mujer que te dijeron que vigilaras. ¿Ahora entiendes por qué estás aquí? —Hizo una pausa por un momento, esperando que la realización golpeara al adolescente.

Cuando lo hizo, él palideció, escapándose un suspiro sin aliento de sus labios.

—Oh, mierda.

CAPÍTULO 35

El sol de media tarde proyectaba rayos moteados sobre los escritorios de sus colegas cuando Kay entró en la sala de incidentes media hora más tarde, con la espalda rígida por haber estado sentada en la dura silla de plástico mientras Adrian Whitely prestaba una declaración formal.

Dejando a Laura trabajando con el sargento de custodia para organizar la liberación del adolescente pendiente de más investigaciones, tocó el hombro de Barnes al pasar.

La frustración nublaba sus pensamientos mientras se acercaba a la pizarra.

Dejó que las conversaciones en la sala de incidentes la envolvieran mientras recorría con la mirada las fotografías fijadas en el tablón de corcho junto a ella, mientras Barnes clavaba una nueva fotografía de Adrian Whitely cerca de la parte superior.

Ambos habían añadido notas a la pizarra a lo largo de la semana, las pulcras letras mayúsculas que Barnes prefería contrastaban con su caligrafía ondulante mientras resumían las acciones clave tomadas hasta la fecha.

—¿Cómo fue, jefa? —dijo él.

—La información de Adrian Whitely sobre Mike O'Connor da un ángulo diferente a la investigación, pero no proporcionó las respuestas que necesitamos sobre por qué el cuerpo de Carl fue dejado en un coche robado en el patio de su taller. Tampoco explica por qué dos repartidores terminaron sus vidas congelándose en la parte trasera de su vehículo.

—Ni por qué uno de ellos tenía en su poder treinta mil libras en cocaína.

—Tal vez fue un trato de drogas que salió mal —murmuró mientras paseaba por la alfombra, sin apartar los ojos de la pizarra—. ¿O qué tal si vieron algo que no debían?

Miró por encima del hombro al oír su nombre y vio a Gavin acercándose apresuradamente.

—Tengo más información sobre el catering donde trabaja Adrian —dijo. Se apretujó entre las sillas de dos asistentes administrativos y se acercó a la pizarra—. La dirección postal es un apartado de correos aquí en la ciudad. Operan desde una unidad industrial con dirección en Sandling.

—¿Alguna idea de cuánto tiempo lleva funcionando?

—Apareció hace unos dos años cuando las aplicaciones de entrega de comida comenzaron a despegar por aquí, según la información en el sitio web. Atienden a las aplicaciones y también proporcionan servicios de desbordamiento para restaurantes locales y otros negocios que necesitan servicios de comida ad hoc durante períodos ocupados como días festivos.

—¿Hay algo en el sitio web de Companies House que pueda ayudarnos? ¿Como el apellido de Alan si es director?

—Nada, jefa, no aparece en una búsqueda allí.

—¿Alguna indicación de quiénes podrían ser sus clientes?

Gavin asintió y pasó a otra página de su cuaderno. —Algunas de las grandes franquicias de comida rápida de la zona: pizzas, hamburguesas, cosas así, aunque eso no estaba en su sitio web. Tuve que investigar un poco para encontrarlo.

—No me imagino que las franquicias quieran que sus clientes sepan que están subcontratando el trabajo —dijo Barnes.

—Cierto. Parece que esta empresa podría estar aprovechándose de los nombres de marca. —Kay recorrió con la mirada las notas en la pizarra y frunció el ceño—. ¿Cuáles son los nombres de las personas que ahora son dueñas del antiguo restaurante de Mike y Ann?

—Espera. —Gavin hojeó sus notas una vez más—. Aquí está: Tom y Zoe Peters.

—¿Crees que podrían haber seguido usando esta misma empresa? —dijo Barnes.

—Es algo que tendremos que investigar —dijo Kay—. ¿Qué hay de HOLMES2, Gav? ¿Algún informe sobre la empresa allí?

Gavin frunció el ceño. —No hay nada que sugiera que haya habido problemas con la empresa antes, jefa, pero…

—…Si quienquiera que sea este Alan ha estado haciendo que chicos como Adrian hagan todo el trabajo, entonces ha logrado mantener un perfil bajo —dijo Kay, y le hizo señas a Laura para que se acercara cuando entró en la sala de incidentes antes de moverse hacia los mapas extendidos sobre el escritorio junto a la pizarra.

Apartando copias de imágenes de videovigilancia y despegando suavemente notas adhesivas que oscurecían los contornos y nombres de lugares, dio un golpecito con el dedo en una carretera secundaria que bordeaba la autopista M20.

—Bien, Gav, ¿dónde está ese negocio de catering aquí?

Su colega se inclinó hacia adelante, señalando un callejón sin salida a la izquierda. —Justo aquí abajo.

Solo hay unas seis unidades industriales, del tipo que tiene un pequeño espacio de almacenamiento debajo con oficinas arriba.

—Deben haber convertido el almacén en cocinas comerciales, entonces. —Kay se enderezó—. Gavin, lee la declaración de Adrian Whitely para contexto, pero quiero que trabajes con Laura para investigar este negocio de cocina donde ha estado trabajando estos últimos catorce meses. Quiero saber todo sobre cómo opera, y en particular sobre el dueño, Alan; Adrian no sabe su apellido.

—No hay problema.

—Gracias. —Kay miró su reloj y empujó su silla hacia atrás—. Se está haciendo tarde, así que tened todo lo que podáis para mí en la reunión informativa de mañana a las ocho. ¿Dónde está el negocio de catering en relación con el antiguo restaurante de Mike y Ann?

—Aquí —dijo Gavin, y trazó una ruta sinuosa con el dedo índice—. No está lejos, así que tendría sentido si lo estuvieran usando para un servicio de comida para llevar o catering para eventos más grandes. Y mira, podrían hacerlo evitando las carreteras principales también.

—Interesante.

—¿Qué quieres hacer, jefa? —dijo Barnes—. ¿Deberíamos entrevistar a Mike y Ann O'Connor de nuevo?

—No, no hasta que sepamos con qué estamos

tratando, dado lo que le pasó a Carl y Will. Necesitamos más información de fondo sobre esto mientras Gavin hace su investigación. —Kay cogió sus llaves del coche del escritorio y se las entregó a su colega.

—Pero vamos a hablar con los nuevos dueños del restaurante, ¿de acuerdo?

CAPÍTULO 36

Kay se detuvo junto al coche de servicio y se tomó un momento para apreciar la antigua vicaría de Grado II que albergaba el antiguo negocio de Mike y Ann O'Connor.

Situada en lo alto de un terraplén cubierto de hierba, la edificación tenía dos plantas con un par de altas chimeneas de ladrillo que sobresalían a ambos lados de un tejado de pizarra. Un cartel junto al aparcamiento indicaba que se podía acceder al restaurante por ocho escalones de piedra o por una rampa de hormigón que ascendía desde el patio delantero asfaltado.

Mientras caminaba junto a Barnes por los anchos escalones, Kay notó un amplio patio de piedra que se extendía a lo largo de la fachada del restaurante, con seis mesas redondas de madera dispuestas para parejas o grupos de cuatro personas distribuidas a lo largo de este.

Una pareja que compartía una botella de vino tinto en la mesa más alejada los observó acercarse, para luego volver a su conversación cuando la mujer echó hacia atrás su cabello y rio, mientras su acompañante sonreía con indulgencia.

Kay se detuvo frente a la ancha puerta de roble que conducía al interior del edificio, con el fresco interior invitando más allá de un felpudo de fibra de coco acompañado de un gran cuenco de cerámica para que bebieran los perros y un cartel que pedía cortésmente que los animales se quedaran fuera.

Una pizarra junto a la puerta daba la bienvenida a los clientes con una nota de los especiales del día.

—¿9,99 libras por un plato de sopa? —murmuró Barnes entre dientes—. Deberíamos acusarlos de robo a plena luz del día.

—Buena suerte intentando que eso pase por el Servicio de Fiscalía de la Corona. —Kay le dio un codazo en las costillas y lo empujó hacia adentro—. Compórtate, o le diré a Pia que la traerás aquí para su cumpleaños.

Él encabezó la marcha, refunfuñando por lo bajo, y después de pasar por un pasillo con paneles de madera en las paredes, Kay se encontró en una sala de recepción de la antigua vicaría que se había convertido en un acogedor espacio para los huéspedes que esperaban una mesa.

Las cornisas de yeso originales habían sido pintadas

recientemente de un blanco hueso, y un suave tono verde cubría las paredes. Sus tacones resonaron en el suelo de parqué hasta que llegó a una delgada alfombra estampada que conducía a un mostrador de recepción.

Una joven apareció por una puerta abierta a la derecha, sonriendo mientras sostenía un par de menús encuadernados en cuero en una mano.

—Buenas tardes, ¿puedo…?

Kay mostró su placa.

—Inspectora Hunter, y mi colega el oficial Barnes. ¿Podríamos hablar con el señor y la señora Peters, por favor?

A la mujer se le desencajó la mandíbula y luego dejó los menús sobre el mostrador.

—Ambos están en la cocina en este momento, preparándose para el servicio de la noche.

—Es urgente.

Sonrojándose, la mujer asintió antes de salir apresuradamente.

Barnes miró su reloj después de cinco minutos.

—Son las cuatro y media. ¿Cuánto tiempo necesitan para prepararse?

—Siempre insistimos en preparar nuestra comida el mismo día que se sirve, detective. Significa un poco más de trabajo, pero vale la pena.

Kay se giró al oír la voz y vio a un hombre corpulento entrar en la habitación desde el pasillo más allá del área de recepción.

Su altura le obligó a agacharse bajo el marco de la puerta antes de extender su mano.

—Soy Tom Peters. Zoe tiene las manos ocupadas en la cocina en este momento, pero si puedo ayudarles mientras ella termina...

—Gracias, señor Peters. ¿Tiene algún lugar privado donde podamos charlar?

—Por supuesto. ¿Por qué no pasan al restaurante? No esperamos a nuestros primeros comensales hasta las seis y cuarto.

Dicho esto, se dio la vuelta y los condujo a través del pasillo hacia un comedor que Kay se dio cuenta se extendía desde la parte delantera de la propiedad hasta la trasera.

Las puertas de cristal decorativo en la parte trasera de la sala daban a un césped que descendía hacia un río, con el paisaje más allá bañado por el sol de la tarde.

—Tiene un lugar bastante impresionante aquí, señor Peters.

Él se encogió de hombros.

—Gracias. Necesitaba algo de trabajo cuando nos hicimos cargo, pero vamos progresando.

Kay tomó asiento en la mesa junto a la ventana que él indicó y esperó mientras Barnes sacaba su libreta. Admiró los cubiertos que habían sido pulidos hasta un alto brillo y luego se reclinó en su silla, sin querer arrugar la servilleta de poliéster recién doblada frente a ella.

—Señor Peters, actualmente estamos en medio de una investigación de asesinato y esperamos que pueda ayudarnos con nuestras averiguaciones —comenzó—, con particular referencia a Mike y Ann O'Connor, quienes le vendieron este lugar el año pasado.

Peters se frotó la barbilla y se inclinó hacia adelante, enderezando un pequeño ramo de flores en un jarrón de cristal en el centro de la mesa.

—¿Esto es sobre el hombre muerto encontrado en el taller de Mike del que oímos hablar? ¿Qué quieren saber?

—¿Ha hablado con Mike o Ann O'Connor desde la venta?

—No, realmente no hubo razón para hacerlo. Una vez que se hace el inventario el día de la entrega, eso es prácticamente todo; estábamos listos para abrir esa misma noche.

—¿Hubo algún problema durante la compra del restaurante que le diera motivos de preocupación?

Peters negó con la cabeza.

—No que yo recuerde. Es decir, cada propietario tiene su propia forma de hacer las cosas. Hicimos algunos cambios inmediatos basados en lo que Zoe y yo queríamos lograr con el lugar a largo plazo, y otros cambios fueron más graduales, como redecorar aquí. Siempre existe el peligro de que cuando te haces cargo de un lugar puedas molestar a los clientes habituales, así que es mejor tomarlo con calma al principio. Aunque, es mucho más fácil con un lugar como este que, digamos, con un pub establecido.

—¿Dónde estaban antes?

—Teníamos un hotel en Totnes. —Esbozó una pequeña sonrisa—. Sin embargo, esto es mejor; al menos la clientela se va a casa al final del día. Siempre fue el sueño de Zoe tener su propio restaurante, y la venta del hotel se concretó rápidamente, así que decidimos arriesgarnos.

—¿Han experimentado algún problema aquí desde entonces?

—No, en absoluto. Supongo que simplemente no atrae a ese tipo de clientela. —Peters frunció el ceño—. Un par de proveedores de Mike y Ann no estaban impresionados de que dejáramos de usar sus servicios e intentaron causar algunos problemas menores: acosarnos en las redes sociales y dejar reseñas falsas, ese tipo de cosas, pero pronto se detuvieron cuando se dieron cuenta de que no estaba haciendo ninguna diferencia. Nuestro servicio a los clientes habla por sí mismo.

—¿Quién…? —Kay hizo una pausa cuando una mujer robusta apareció en la entrada del restaurante y, al ver a los tres sentados en la mesa del fondo, se acercó mientras se limpiaba las manos en el delantal.

—Disculpen la espera —dijo sin aliento, sacando

una silla junto a Peters y sentándose con un estrés mal disimulado—. Uno de nuestros ayudantes de cocina llamó para decir que estaba enfermo hace media hora, así que es un caos allá afuera. Por cierto, soy Zoe.

—Gracias por tomarse el tiempo para hablar con nosotros —dijo Kay—. Estaba a punto de preguntarle a su esposo sobre los proveedores que, según él, estaban dejando malas reseñas sobre el negocio. ¿Quiénes eran?

—Ah, ellos. —Zoe se rio entre dientes—. Mike y Ann, durante los últimos años que estuvieron aquí, decidieron recortar gastos, digamos. Es decir, nada inapropiado; se está volviendo más común, y seamos sinceros, de todos modos planeaban vender.

Barnes levantó la vista de su libreta.

—¿De qué tipo de recortes estamos hablando? ¿Salud y seguridad?

—Dios, no. Solo en la parte de la comida. Estaban usando una empresa al otro lado de Maidstone para proporcionar el servicio de comida para llevar estilo restaurante y el catering para eventos, que era un elemento de su negocio.

—¿Cuál era el nombre de la empresa? —dijo Kay, parpadeando cuando Peters se lo dijo—. ¿Y dice que ustedes nunca los han usado?

—Cuando nos hicimos cargo, rescindimos el contrato con los proveedores de catering de inmediato —dijo Peters—. No estaban contentos con eso, incluso llegaron al punto de enviar a alguien aquí para hablar con nosotros.

Kay se enderezó.

—¿Está diciendo que los amenazaron? ¿Lo denunciaron?

—No, no lo denunciamos. —Peters se encogió de hombros—. No fue nada que no pudiéramos manejar, y además, instalamos cámaras de seguridad al día siguiente de mudarnos, así que si alguien intentara algo, lo sabríamos.

—¿Y sus clientes? ¿No les importó el cambio?

—Perdimos algo de dinero al principio cuando nos hicimos cargo y cerramos esa parte del negocio, pero valió la pena a largo plazo —dijo Peters.

Zoe asintió ante el comentario de su esposo.

—Preferimos hacer las cosas nosotros mismos; se lo debemos a nuestros clientes ser honestos sobre la procedencia de nuestra comida. Si pensaran que estábamos subcontratando el trabajo que creen que se hace allí en esa cocina, estarían horrorizados. Me sorprende que Mike y Ann lo hicieran durante tanto tiempo sin que nadie se enterara, para ser honesta.

Kay entrecerró los ojos.

—Pero Ann ganó premios por su servicio de catering y comida para llevar, ¿no es así? ¿No fue esa la base de ese libro de cocina que publicó, algo sobre comidas rápidas para gente ocupada?

Zoe miró a su esposo antes de volverse hacia Kay, con un brillo travieso en los ojos.

—Probablemente sea por eso que no le han renovado el contrato editorial. Finalmente descubrieron que no sabe cocinar.

CAPÍTULO 37

Kay observó la pintoresca casita que se acurrucaba entre un bonito jardín detrás de un seto de ligustro entrelazado con madreselva, con la mano en la manija de la puerta del coche.

—Bien, antes de entrar ahí, ¿qué necesito saber?

Laura se removió en el asiento del conductor, sacó las llaves del contacto y miró por encima de sus gafas de sol hacia la propiedad.

—Debe de haberle costado tres cuartos de millón, calculo… y espera a ver el interior. Suelo de piedra original. La sala de estar es impresión…

—Me refería a Ann O'Connor.

Los labios de su colega se curvaron. —Lo siento, jefa. Sin embargo, lo digo en serio. Es preciosa por dentro. Pero Ann… He estado pensando en ella desde que me llamaste anoche y aunque parece exitosa por fuera, creo que es una de esas personas que teme que podría perderlo todo así.

Chasqueó los dedos.

—¿Quieres decir que está colgando de un hilo? —dijo Kay.

—Sí.

—Vamos a ver qué tiene que decir sobre esta empresa de catering, entonces. Tal vez pueda explicar por qué amenazaron a los Peters después de que compraran el restaurante.

Kay recogió una carpeta manila del suelo del coche y salió. Después de comprobar si venían coches por el camino, cruzó la carretera y siguió a su colega a través de una puerta en el seto y por un sendero que necesitaba ser desmalezado.

Puede que el jardín hubiera sido paisajísticamente diseñado hasta el último detalle, pero las grietas empezaban a notarse.

Hizo una pausa mientras su colega tocaba la ornamentada campana de hierro fijada a la pared junto a la puerta.

Después de dejar a Barnes en la comisaría, había pillado a Laura cuando estaba saliendo de la sala de incidentes por el día y la había arrastrado a un coche de flota de repuesto.

Razonando que la joven detective ya se había reunido y entrevistado a Ann O'Connor la semana pasada, y deseosa de entablar contacto con la mujer sin tener que empezar a construir una relación desde cero, se alegró de que Laura hubiera aprovechado la oportunidad de visitar la casa de la mujer una vez más.

Ahora, levantando la mirada, Kay notó gruesas telarañas bajo el techo de paja y pintura desprendiéndose del marco de madera de la ventana a su derecha.

Su colega podría estar encantada con el lugar, pero la impresión de Kay era la de una mujer de negocios alguna vez exitosa viviendo por encima de sus posibilidades.

Se preguntó cuánto duraría.

Volviéndose cuando se abrió la puerta, escuchó mientras Laura hacía las presentaciones.

El rostro de Ann O'Connor estaba arrugado, con las facciones de una mujer que había pasado demasiado tiempo al sol a lo largo de los años, la piel de su garganta retorcida y flácida. A pesar del maquillaje pesado, Kay podía ver el estrés emanando de los ojos de la mujer.

—No entiendo por qué necesitan hablar conmigo de nuevo —le dijo a Laura, haciéndose a un lado y haciéndoles señas para que entraran—. ¿No les ha explicado Mike que no tengo nada que ver con su negocio?

—Esto es sobre el restaurante —dijo Kay—. Tengo algunas preguntas que me gustaría hacerle antes de volver a hablar con su marido.

Ann arqueó una ceja, luego se encogió ligeramente de hombros y señaló hacia la sala de estar. —Pasen, entonces. Aunque no estoy segura de cuánto de ayuda voy a ser después de todo este tiempo. Ha pasado un año desde que se lo vendimos a los Peters, después de todo.

No esperó a ver si la seguían y caminó descalza sobre el suelo de piedra antes de acurrucarse en uno de los sofás de dos plazas de la habitación, tirando de un cojín sobre su regazo y pellizcando una costura mientras Kay se sentaba frente a ella.

Laura permaneció junto a la chimenea, fuera de la línea de visión de Ann pero posicionándose de manera que pudiera observar las reacciones de la mujer al interrogatorio de Kay.

—Entendemos que subcontrataron la parte de catering del negocio del restaurante a otra empresa —comenzó Kay—. ¿Cuál era esa?

Ann resopló. —No era una empresa como tal. Más bien un negocio unipersonal con algunos adolescentes con acné trabajando para él en algún lugar de Sandling. Casi nunca estaba allí. Cada vez que llamaba, siempre era uno de los trabajadores quien contestaba.

—¿Qué tipo de acuerdo tenían con ellos?

—Todo era legal. —La mujer empujó el cojín a un lado y balanceó los pies hacia el suelo, sus ojos suplicantes—. Mike registraba todas las ventas y recibos y todo de la manera correcta. Siempre lo hacíamos cuando pagábamos en efectivo; muchos negocios de comida no lo hacen, ¿sabe? Puede preguntarle a nuestro contador.

—¿Pagaban a los proveedores de catering en efectivo?

—Sí.

—¿Por qué?

Ann se encogió de hombros. —Es simplemente como él lo quería.

—¿Quién? ¿El dueño, o Mike?

—El dueño: Alan Trentithe.

Kay esperó mientras Laura anotaba el nombre en su libreta, luego volvió su atención a Ann.

—¿Quién se acercó a Alan para proporcionar el catering para el restaurante?

—Oh, nosotros no lo hicimos; Alan vino a nosotros. —La frente de Ann se arrugó una vez más—. Debe de haber sido hace un par de años, al menos. Dijo que estaba empezando y buscaba un establecimiento de alta calidad con el que trabajar. Dijo que quería cambiar la reputación local de la comida para llevar y ofrecer algo para una clientela más exigente. Por supuesto, eso era perfecto para nosotros.

—¿Y qué pasó cuando vendieron el negocio del restaurante?

—¿Qué quiere decir?

—Entendemos que Tom y Zoe Peters no estaban

interesados en continuar ese acuerdo con Trentithe. ¿Cómo se lo tomó él?

Ann se echó hacia atrás como si la hubieran golpeado. —¿Cómo saben eso? ¿Dijo algo Zoe?

Kay no dijo nada y mantuvo su mirada en la mujer.

Finalmente, Ann suspiró y negó ligeramente con la cabeza. —Si lo hubiera sabido en ese momento... Alan no lo tomó bien. Dijo que estábamos cometiendo un error al vender el negocio y que podría hacer que valiera la pena si nos quedábamos. Por supuesto, no estábamos interesados. Creo que Mike y yo sabíamos que nuestro matrimonio había terminado; solo pensamos que si podíamos salir del restaurante y pasar algún tiempo juntos, podríamos hacer que funcionara.

—¿Alan los amenazó?

—No diría que nos *amenazó*. Se enojó, sí. Supongo que estaba frustrado; quiero decir, le iba muy bien con nosotros, con el catering para eventos...

—Y el servicio de comida para llevar —dijo Kay.

Ann se sonrojó. —Sí. Eso también. Por supuesto, todo eso se volvió en mi contra, ¿no?

—¿Qué quiere decir? —Kay mantuvo su tono ligero, observando el rostro de la mujer en busca de una reacción.

—Supongo que todo va a salir a la luz ahora de todos modos. Utilicé muchas de las recetas de los platos que ellos servían en mi primer libro de cocina, ¿sabe? Por supuesto, les di mi propio toque; no se puede patentar una idea, y Alan nunca había pensado en escribirlas, y mucho menos en publicarlas. Para cuando salió el libro, ya se había acordado la venta del restaurante y Tom y Zoe estaban a punto de hacerse cargo. —Frunció los labios—. Supongo que no le dijeron que tuvieron los tres mejores meses de ese negocio cuando salió el libro, ¿verdad? Ya sabe, yo hago todo el trabajo duro y otros se llevan el beneficio.

Kay ignoró el comentario autocompasivo y en su lugar abrió la carpeta de manila.

—¿Qué dijo Alan sobre el libro?

—No lo sé, nunca volvimos a saber de él después de que dejamos el restaurante. Supongo que tiene otros clientes y simplemente continuó trabajando con ellos.

Kay sacó dos fotografías de las páginas del interior y las mostró. —¿Reconoce a alguno de estos dos hombres?

—¿Quiénes son? —Ann se inclinó hacia una mesita auxiliar junto al sofá y se puso unas gafas de lectura con montura de alambre.

—Esperábamos que usted pudiera decírnoslo.

—¿Son de cámaras de seguridad?

—Si pudiera simplemente responder a la pregunta.

Un silencio descendió sobre la habitación, roto solo por el sonido de Ann O'Connor pasando de una fotografía tamaño A4 a la otra.

—Vaya —dijo, sosteniendo una copiada de las

cámaras de seguridad de la tienda de antigüedades—. Este se parece a Barry.

—¿Barry qué?

—No sé su apellido. Solía aparecer para recoger el dinero en efectivo de Alan todos los lunes.

—¿Qué conducía?

—Dios, algún coche destartalado. No puedo recordar la marca o el modelo. —Ann frunció el ceño, y luego su rostro se iluminó—. Pero sí recuerdo que era de color granate.

CAPÍTULO 38

—¿Cómo demonios no supimos que este tal Barry era el dueño del coche color granate?

Kay entró marchando en la sala de incidentes, ignorando las cabezas que se giraron ante su pregunta gritada, y se dirigió hacia el extremo más alejado.

Una frescura se había aferrado al aire de la mañana temprana, mientras que aquí dentro el sonido de las bocinas de los coches y los frenos hidráulicos de los vehículos más grandes se filtraba a través de las ventanas delanteras que daban a la calle principal frente a la comisaría del pueblo. El hedor de granos de café quemados se mezclaba con la grasa de los desayunos apresurados comidos al paso, y un agotamiento emanaba de sus colegas mientras ella pasaba rápidamente junto a ellos.

Caminó por las delgadas baldosas de moqueta frente

a la pizarra blanca, mirando fijamente las notas que cubrían la superficie brillante antes de volverse para enfrentar la sala una vez más.

—Vamos, alguno de vosotros debe haber descubierto algo, seguramente. Han pasado más de doce horas desde que entrevistamos a Adrian Whitely y Ann O'Connor. Todos habéis leído sus declaraciones.

Parker se apresuró hacia ella, con su teléfono móvil en la mano.

—He estado en contacto con la mujer que denunció el robo del coche, jefa. Dice que se lo compró en efectivo a un tipo hace doce meses. Él le dijo que no se había molestado en registrarlo porque solo lo tuvo por unos días y cambió de opinión sobre quedárselo.

Kay puso los ojos en blanco. —¿Y ella no pensó que eso era sospechoso?

—Dijo que estaba sin dinero en ese momento y solo necesitaba un coche para ir a trabajar al hospital, jefa.

—¿Qué hay del número de teléfono del tipo al que se lo compró? ¿Aún lo tiene?

—Lo tenía, pero está fuera de servicio, jefa. He comprobado y era un número de prepago antiguo, no de contrato, así que tampoco puedo encontrar una dirección para él de esa manera.

—De acuerdo. —Kay suspiró—. Gavin, ¿qué habéis averiguado tú y Laura sobre este negocio de catering?

—El contrato de arrendamiento fue firmado a través de una agencia comercial local por Alan Trentithe dos meses antes de que comenzara a operar el negocio desde la unidad industrial —dijo el agente—. Entrevistamos al gerente de la agencia ayer tarde, pero no fue él quien lo arrendó; el tipo que lo hizo se enfermó el año pasado y murió, así que todo lo que tiene el gerente para guiarse son los documentos en el archivo.

—¿Hay algo en ese lote que nos ayude?

—Solo una lista de contratistas que la agencia sugirió a Alan Trentithe para ayudar con la remodelación —dijo Laura—. Y solo uno de ellos fue bueno: la empresa que proporcionó el mobiliario de oficina. El dueño dijo que no recordaba ningún problema y que el trabajo se realizó según lo programado. Aparte de eso, el contrato en sí no nos ayuda. Trentithe usó una dirección de apartado postal para toda la correspondencia sobre el arrendamiento.

Gavin levantó la mano. —Jefa, hemos revisado los detalles de las rutas que Carl y Will tomaron en sus rondas de entrega nuevamente, por si acaso veíamos algo que pasamos por alto anteriormente. No aparece en ninguno de los tacógrafos que nos enviaron en relación con esos conductores, pero este lugar está ubicado en los límites de la ruta de entrega de Bonnie Hopkins.

—Eso es demasiada coincidencia, jefa —dijo Barnes, girando sus gafas de lectura entre sus dedos—. Especialmente basándonos en lo que Adrian nos ha dicho.

—Estaba pensando exactamente lo mismo. —Kay

apoyó las manos en sus caderas y sopló su flequillo de sus ojos—. Bien, Barnes, organiza una orden de registro para la unidad industrial y le pediremos a Sharp que la firme. Parker, necesito que te pongas en contacto con Hughes y organices algo de respaldo uniformado para que nos acompañe a la unidad industrial. Nuestras prioridades son entrevistar formalmente a Alan Trentithe, y a este personaje Barry si lo encontramos allí, y encontrar más evidencia que respalde nuestra teoría de que Carl Taylor y Will Nivens estaban de alguna manera conectados con el lugar.

Hizo una pausa y se tomó un momento para dirigir su mirada a los rostros absortos de su equipo. —No vamos a correr riesgos con esto. Quiero justicia para Carl y Will, pero no quiero que ninguno de vosotros pongáis vuestra vida en riesgo, ¿está claro?

Un rumor de murmullos respondió a sus palabras.

—Muy bien, manos a la obra.

Kay se abrochó la chaqueta y observó el letrero sobre la puerta enrollable de la unidad industrial.

El estuco de color beige se desprendía de las paredes exteriores, un efecto que se repetía en las propiedades vecinas que lucían casi igual de deterioradas y descuidadas.

Dos vehículos estaban estacionados frente a una sólida puerta metálica individual que servía como entrada peatonal a la propiedad: un sedán de cuatro puertas de un par de años de antigüedad y una furgoneta de reparto. El coche había sido pulido hasta alcanzar un alto brillo, mientras que la furgoneta desgastada por el tiempo mostraba rasguños y abolladuras como cicatrices de batalla.

Una hilera de cinco ciclomotores se apretujaba contra un muro bajo que separaba el edificio de la carretera, y un grupo de adolescentes malhumorados con camisetas con logotipos la observaban mientras ella examinaba su entorno.

La gran puerta enrollable que daba al lado del almacén del edificio era de una variedad de aluminio gris opaco y maltratado, y, al echar un vistazo por encima del hombro a las otras cinco unidades que se apiñaban en la agrietada explanada de hormigón, supuso que los constructores originales habían utilizado los materiales más baratos que pudieron conseguir durante la fase de construcción.

Todo el lugar parecía que podría derrumbarse en cualquier momento.

—Esta es la última vez que pido comida para llevar si viene de un sitio como este —refunfuñó Barnes, entregándole la orden de registro firmada.

—Por eso seguimos apoyando el nuestro local —dijo Kay—. ¿Algún problema para conseguir estos papeles?

—No, Sharp dijo que quiere una actualización en cuanto terminemos aquí. Aparentemente, la comisario jefa quiere hacer una declaración a los medios en el momento en que encontremos algo para hacer avanzar la investigación. Algo sobre la necesidad de una buena noticia esta semana.

—Genial. Sin presiones, entonces.

—Exacto.

Leyó por encima el texto de la orden de registro, su

ritmo cardíaco aumentando otro nivel. —Esto no nos permite hacer mucho, Ian. Va a ser poco más que un vistazo superficial.

—Lo siento, jefa. Es todo lo que Sharp autorizó por el momento. Dijo que si encontrábamos algo que justificara una búsqueda más detallada, entonces lo reconsideraría…

—Para entonces, si están infringiendo la ley, tendrán tiempo de ocultar cualquier evidencia. —Suspiró y volvió a doblar las páginas—. Bueno, es lo que hay. Vamos a ello. Los uniformados pueden entrevistar a los repartidores aquí fuera.

Cruzaron la explanada de hormigón, y Kay presionó el botón del intercomunicador de seguridad junto a la puerta individual mientras intentaba contener la frustración que se filtraba en sus pensamientos.

Sabía que la solicitud de una orden de registro era un acto de desesperación, pero a pesar de todo el trabajo que su equipo había realizado en la última semana, necesitaban un avance.

Si no encontraban algo para hacer avanzar la investigación antes de que ocurriera otro crimen importante, perdería la mitad de sus recursos y las personas que quedaran se resentirían por la falta de progreso.

Un pesado cerrojo se descorrió desde el otro lado de la puerta metálica y esta se abrió para revelar a un hombre de estatura media que vestía un traje gris bien cortado.

Su boca se abrió de par en par al ver a los agentes uniformados reunidos detrás de ella.

—¿Puedo ayudarles?

—Inspectora Kay Hunter —dijo, y le tendió la orden de registro—. Tenemos la autoridad para registrar estas instalaciones en relación con una investigación de asesinato, y espero su plena cooperación, ¿señor...?

—Trentithe. Alan Trentithe.

—Justo la persona con la que esperaba hablar —dijo y cruzó el umbral mientras recitaba la advertencia formal de entrevista.

Un pasillo estrecho y achaparrado conducía a una escalera, con una puerta a su derecha abierta que daba al área de almacén de la unidad.

Hizo un gesto a Barnes hacia la puerta abierta y se apartó antes de que cuatro agentes uniformados se apresuraran desde la explanada para unirse a él, desplegándose al entrar en el almacén iluminado.

El sonido de sus voces llegaba hasta donde ella esperaba junto a Trentithe mientras daban órdenes a un grupo de tres trabajadores que observaban, atónitos por el repentino giro de los acontecimientos.

Miró a través de la puerta para ver a una mujer y dos hombres (todos vestidos con uniformes de chef) de pie junto a relucientes cocinas de gas, sus frentes salpicadas de sudor por el calor que emanaba del interior de la cavernosa habitación.

Una intensa mezcla de aromas se filtraba desde el espacio, una combinación de especias compitiendo por la atención entre el ajo y la cebolla.

—Bien, señor Trentithe —dijo—. ¿Subimos y charlamos un rato?

—Supongo que sí. —Hizo un gesto a su personal para que se apartara mientras murmuraba que no había nada de qué preocuparse, luego se dio la vuelta y la guio por la escalera de acero, las suelas de sus caros zapatos de cuero resonando en el metal.

Mientras lo seguía, Kay recorrió con la mirada los certificados que salpicaban las paredes de yeso: acreditaciones de salud y seguridad, estándares de seguridad alimentaria y otras legalidades para respaldar las prácticas comerciales de la empresa de catering.

Parecía que lo que ocurría dentro del edificio era una prioridad mucho más alta para Trentithe que el estado de la fachada exterior.

En lo alto de las escaleras, él giró a la derecha.

Después de asentir a una joven detrás de un mostrador de recepción en una oficina con frente de cristal que parecía no más grande que el baño de la planta baja de la casa de Kay, la condujo a una segunda oficina en la parte delantera del edificio con vista a la explanada.

Trentithe rodeó un escritorio de efecto roble que

daba a una ventana de doble acristalamiento cubierta de suciedad, grasa y excrementos de pájaros, y se hundió en una silla de cuero color café con un suspiro mal disimulado.

—Espero que haya una maldita buena explicación para todo esto —dijo—. Todos mis empleados son trabajadores legítimos, y no hemos recibido ninguna queja. ¿Qué demonios está pasando? ¿Por qué están aquí?

—Todo está ahí, en la orden que tiene en sus manos —respondió Kay.

Ignoró la mirada confusa que él le lanzó y sacó una de las sillas para visitantes.

Era más cómoda que la que usaba en la comisaría.

—Le recuerdo, señor Trentithe, que actualmente está bajo advertencia.

—No tengo nada que ocultar, y puedo asegurarle que las acusaciones contenidas en esto son completamente falsas. ¿Ha sido un competidor quien ha hecho estas falsas alegaciones? —preguntó.

—Tengo algunas preguntas —respondió Kay, ignorando la suya.

Trentithe dobló la orden de registro y la colocó sobre el escritorio frente a él. —Pregunte.

—¿Cuánto tiempo lleva operando desde esta unidad industrial?

—Alrededor de dos años. Y nunca hemos tenido

ningún problema, por eso estoy un poco confundido en cuanto a…

—Hábleme de su negocio —dijo ella—. Esta cocina fantasma que dirige…

—Prefiero el término "cocina en la nube" —explicó—. Es un poco más digno, dada la alta calidad de la cocina de mis empleados, y se relaciona con la forma en que recibimos nuestros pedidos. A través de la nube, ya sabe, mediante aplicaciones móviles.

—Las personas que trabajan aquí…

—Son todos contratistas legítimos, detective. —Trentithe inclinó la barbilla hacia un grupo de tres archivadores metálicos junto al escritorio—. Si su orden de registro lo permite, puede revisar sus expedientes laborales. De lo contrario…

Levantó las manos en un gesto de "qué se le va a hacer".

—¿Cuándo contrató por primera vez a Adrian Whitely?

Trentithe soltó una risa amarga. —¿Está aquí porque me ha acusado de algo?

—Responda a la pregunta, por favor.

—Adrian empezó aquí hace poco más de tres años.

—¿Qué hace actualmente?

—Lo mismo que los otros repartidores de ahí fuera, detective. Está empleado para entregar nuestras comidas a nuestros clientes de manera oportuna para que su comida llegue muy caliente.

—¿Hace algún otro trabajo ocasional para usted?

—No tengo idea a qué se refiere, pero no. Adrian tiene un trabajo a tiempo parcial entregando comida, y eso es todo.

Kay decidió cambiar de táctica. —¿Cuánto tiempo hace que conoce a Carl Taylor?

—¿Quién?

Trentithe se inclinó hacia adelante y levantó la primera página de la orden de registro una vez más, sus ojos recorriendo el texto.

—Carl Taylor. Recientemente entregó la comida congelada que usan cuando preparan los platos abajo.

Trentithe dejó caer la página, frunciendo el ceño. —No, no lo recuerdo, ni el nombre. Hay una mujer que hace nuestras entregas de comida. Bonnie, creo que se llama. ¿Por qué quiere saberlo?

—Lo encontraron congelado hasta la muerte en la parte trasera de un coche robado la semana pasada. Su colega, un joven de diecinueve años llamado Will Nivens, fue descubierto, también congelado hasta morir, en la parte trasera de su camión frigorífico.

—Eso es terrible —Trentithe se estremeció—. Qué manera de morir.

—Hábleme de Mike y Ann O'Connor —dijo ella, subrayando sus nombres en su libreta—. ¿Tuvo una pelea con ellos cuando vendieron su restaurante?

—En absoluto —dijo él—. Teníamos un contrato para proporcionarles servicios de catering, y cuando vendieron sin tener la cortesía de avisarme que lo estaban haciendo, el contrato terminó.

—¿Se enojó porque los nuevos propietarios no quisieran continuar con el contrato?

—Para entonces ya no me importaba, tenemos otros contratos para mantenernos ocupados, como vio en la cocina de abajo.

—¿Cómo se sintió cuando Ann O'Connor publicó su libro con las recetas de su empresa?

Trentithe miró su pantalla de ordenador en blanco y suspiró. —No había mucho que pudiera hacer al respecto. No había publicado nada ni puesto ninguna de las recetas por escrito más allá de lo que necesitaba hacer para entrenar a nuevos cocineros, no pensé que necesitaba hacerlo.

—Ella ganó una buena suma de seis cifras por el adelanto y las ventas posteriores —dijo Kay, hojeando sus notas aunque sabía los hechos de memoria—. ¿No le dolió un poco?

—Sí, me dolió. Pero como dije, no podía hacer nada al respecto. Ciertamente no tengo el tipo de dinero para intentar llevarla a los tribunales para averiguar si tenía derecho a una compensación.

—¿Es por eso que dejó el cuerpo de Carl Taylor en el negocio de su marido? ¿Por venganza?

—No tengo idea de quién es esta persona Carl, y no, no dejé su cuerpo en el negocio de Mike. ¿Por qué lo haría?

—¿Quién es Barry?

—De nuevo, detective, lo siento, no conozco a nadie llamado Barry. ¿Es amigo de los dos hombres que murieron?

Kay observó el rostro del hombre buscando cualquier señal de estrés, y reprimió un suspiro que amenazaba con escapar.

Un golpe en la puerta interrumpió sus pensamientos, y levantó la vista de su libreta para ver a Barnes de pie en el pasillo exterior.

Él negó ligeramente con la cabeza, y ella contuvo la maldición que le vino a la mente.

—¿Eso es todo, detective Hunter? —dijo Trentithe, echando hacia atrás su silla y señalando la puerta—. Soy un hombre ocupado, y ahora tengo que explicar a mis empleados abajo que esta redada suya se basó en acusaciones infundadas. Tengo ganas de quejarme con sus superiores.

Arrugó la orden de registro y la arrojó a una papelera junto a uno de los archivadores.

Kay se levantó de su silla y salió enfadada.

Oyó el sonido de sus pies en la escalera de acero mientras la seguía, e ignoró las miradas de los tres empleados que estaban de pie en la puerta interna que conducía al almacén, sus monos cubiertos de manchas de comida mientras miraban de ella a Trentithe, con confusión nublando sus rostros.

—Volved al trabajo —dijo Trentithe, haciéndoles

señas para que se fueran—. Un malentendido, eso es todo. La detective Hunter se va. Ahora.

Kay siguió a Barnes por la puerta principal, luego se detuvo y se volvió para mirar a través de la puerta abierta del almacén.

Dos agentes uniformados se abrieron paso hacia ella pasando una fila de seis grandes congeladores industriales, el más bajo de los dos haciendo una mueca cuando pasó junto a ella.

—Lo siento, jefa. No había nada —dijo en voz baja—. Los conductores también están limpios.

Kay miró fijamente el letrero sobre el almacén mientras Alan Trentithe giraba sobre sus talones y volvía a entrar, la puerta cerrándose tras él.

—Maldita sea —murmuró.

CAPÍTULO 40

—¿Cómo está? —preguntó Laura.

Gavin guardó su teléfono móvil en el bolsillo de su chaqueta y suspiró.

—No encontraron nada, y Trentithe niega saber algo sobre las dos víctimas. Kay dice que ella y Barnes tienen que ir a una reunión con Sharp para informar a la comisario jefa. Quiere ponerse al día con nosotros antes de la reunión informativa de la tarde una vez que hayamos hablado con Bonnie Hopkins. ¿Ya ha llegado?

—Acaba de llegar.

—¿Viene alguien con ella? —Recogió su libreta y los documentos que necesitaban y bloqueó la pantalla de su ordenador.

—Le pregunté si quería llamar a alguien, pero dijo que no era necesario.

Gavin mantuvo abierta la puerta de la sala de

incidentes para su colega y luego la siguió hacia las escaleras.

Se quedó en silencio cuando llegaron a la planta baja y pasaron por una puerta de seguridad desde la recepción hasta el pasillo que conducía a las salas de interrogatorios.

Al arreglar con Hughes en la recepción para poner a Bonnie Hopkins en una de las salas más grandes, notó que el sargento había dejado abierta la puerta del número cuatro.

A través del hueco, podía ver a Bonnie sosteniendo un vaso de agua entre sus manos mientras miraba fijamente la pared sobre el equipo de grabación, con el rostro apartado de él.

Llevaba una blusa negra de tirantes finos combinada con una falda larga de estampado floral que rozaba el suelo de baldosas, sus uñas de los pies asomando por unas sandalias de cuero y pintadas de un tono rosa chillón.

Llamó a la puerta y luego la abrió para que Laura entrara en la habitación delante de él e hizo un gesto a Bonnie para que volviera a sentarse cuando se levantó.

—Señora Hopkins, gracias por venir —dijo, dejando su libreta y su teléfono móvil sobre la mesa antes de tomar asiento frente a ella—. Vamos a grabar esta entrevista, así que tenemos que leerle una declaración formal antes de empezar, ¿está de acuerdo?

La mujer asintió en silencio, desviando su mirada

hacia la máquina de grabación mientras Laura la preparaba y recitaba la advertencia con una voz clara que resonaba en las paredes.

Cuando terminó, Gavin ya había desplegado el mapa mostrado a Bonnie en su casa la semana anterior.

—Señora Hopkins, queríamos aclarar algunos detalles con usted sobre su ruta y adónde la lleva —comenzó—. Específicamente, nos interesa la empresa de catering a la que entrega en Sandling.

Bonnie se inclinó hacia adelante mientras él giraba el mapa para que ella lo viera.

—Oh, ese es el negocio de Alan.

—¿Ha habido algún problema allí en los últimos seis meses más o menos?

—No, nada en absoluto —dijo, tomando un sorbo de agua—. Está alejado en comparación con algunos de los sitios a los que entregamos. No sé si podría trabajar allí. Es muy ruidoso cuando las cocinas están a plena capacidad.

—¿Conoce a Alan Trentithe?

—No está allí a menudo, pero cuando lo está, siempre está riendo y bromeando. —Bonnie sonrió—. Una de las personas más agradables de mi ruta, para ser honesta.

—¿Siempre entrega allí?

—La mayoría de las semanas, sí. A veces hay una entrega extra los viernes si creen que van a tener un fin de semana ocupado o si se acerca un día festivo.

Laura sacó una fotografía aérea de las unidades industriales de Sandling de la carpeta que tenía bajo su cuaderno.

—¿Es este el lugar al que entrega?

—Así es. Hay un cartel junto a la entrada, así que es imposible no verlo.

—¿Entrega suministros a alguna otra ubicación para Alan Trentithe?

—No. —Bonnie negó con la cabeza y empujó la fotografía de vuelta—. Si tiene otro edificio en algún lugar, no lo sé. Nunca he entregado allí. Solo en este lugar.

Gavin suspiró, reunió las fotografías y el mapa, y empujó hacia atrás su silla mientras Laura terminaba formalmente la entrevista y apagaba la máquina de grabación.

—Gracias por su tiempo, señora Hopkins. Lo apreciamos. —Le entregó una de sus tarjetas de visita y la condujo hacia la puerta de recepción—. Si se le ocurre algo más que pueda ayudarnos, ¿me llamaría?

—Por supuesto. —Bonnie asintió, guardando la tarjeta en el bolsillo lateral de su bolso—. Espero que encuentre a quien le hizo eso a Carl y Will, detective Piper. Eran unos tipos encantadores, no harían daño ni a una mosca.

—Gracias. —Observó hasta que la mujer abrió la puerta principal y luego se volvió hacia Laura—. ¿Qué piensas?

Laura suspiró.

—No fue de ninguna ayuda, ¿verdad? Si…

Un teléfono móvil la interrumpió, y Gavin lo sacó de su bolsillo antes de contestar.

—¿Phillip? Sí, estamos abajo. Acaba de irse. ¿Qué dices? —Gavin extendió su mano para detener a Laura que se dirigía a hablar con Hughes en la recepción y negó con la cabeza—. Vamos para allá.

—¿Qué pasa?

—Sala de incidentes, ahora. Phillip tiene algo.

Corrió por el pasillo y se dirigió a las escaleras, oyendo la puerta cerrarse de golpe mientras Laura intentaba seguir el ritmo de sus largas zancadas, pero sin estar dispuesto a aminorar el paso por ella.

Al entrar en la sala de incidentes, se dirigió directamente al escritorio de Phillip Parker mientras el agente bajaba su teléfono, con una expresión de sorpresa cruzando sus facciones.

—Eso fue rápido —dijo—. ¿Qué…?

—Muéstrame esos tacógrafos —dijo Gavin, acercando una silla al escritorio de Parker y dejándose caer en ella antes de dirigir una mirada de disculpa a Laura.

Ella negó imperceptiblemente con la cabeza y fue a buscar su propia silla antes de unirse a ellos mientras Gavin explicaba lo que Bonnie Hopkins les había dicho.

—Estos llegaron por correo electrónico hace diez minutos —dijo Parker—. Le pedí al jefe de Carl que proporcionara los registros del día en que Carl condujo la ruta de Bonnie, ya que no era una que normalmente hacía; es la única anomalía en su horario durante el último mes.

Gavin tomó las páginas impresas de él y las inclinó para que Laura pudiera leer las líneas de datos al mismo tiempo.

—¿Qué significa todo esto?

—El tacógrafo de cada camión contiene datos retrospectivos de cada viaje, incluyendo coordenadas GPS junto con la hora, velocidad y otras lecturas mecánicas. —Phillip se inclinó y pasó su dedo por el texto mientras hablaba—. Como estos son camiones refrigerados, también mantienen un registro constante de la temperatura. Si algo sale mal y la comida se echa a perder porque una unidad de refrigeración falla, el depósito necesita tener pruebas para su compañía de seguros.

—Entonces... —Gavin levantó la mirada, sin poder ocultar la confusión en su voz—. ¿Cómo nos ayuda esto exactamente?

Parker sonrió y golpeó con el dedo una coordenada GPS a un tercio de la segunda página.

—Carl no fue directamente al siguiente cliente en Aylesford después de visitar el sitio de Alan Trentithe. Mira: las coordenadas muestran que condujo hacia el norte más allá de la M20, se detuvo en la unidad industrial durante cinco minutos y luego continuó por esa carretera durante una milla más o menos. Se detuvo allí durante media hora y luego regresó a la ruta programada. La parada de media hora no estaba en la lista de entregas de ese día.

—¿Sabes a dónde fue? —preguntó Laura.

Phillip señaló con el pulgar por encima de su hombro. —Estaba al teléfono con el depósito cuando llegaron. Van a enviarnos un resumen de los comprobantes de entrega.

—Los tengo. —Debbie se apresuró y le entregó a cada uno un documento de una página—. Acaban de llegar por correo electrónico, así que también los registraré en HOLMES2.

Sus palabras pasaron sobre Gavin mientras recorría el texto con la mirada. —¿A qué hora mostró el GPS de Carl que estaba en esa ubicación más allá de la unidad industrial, Phillip?

—A las tres y media.

Gavin golpeó la línea de firma con el dorso de la mano. —Seis cajas de comida congelada entregadas en Sandling el martes por la tarde a las tres cincuenta y cinco. La dirección de la unidad industrial de Trentithe ha sido tachada. Solo dice Whites Lane. Y mira: fue firmado por B Clements.

Los ojos de Laura se agrandaron. —¿Crees que podría ser la persona Barry que mencionó Ann O'Connor? ¿El que estaba en las imágenes de videovigilancia que obtuvimos de la tienda de antigüedades?

—No lo sé, pero dada la información del tacógrafo, vale la pena investigarlo, ¿no? —Abriendo una aplicación de mapas, Gavin escribió Sandling antes de cambiarla a vista satelital y reducir el polígono industrial, examinando el área circundante—. El negocio de Alan Trentithe es el único vínculo con todo esto hasta ahora, ¿no es así?

—No necesariamente —dijo Laura—. Escuchaste a Kay: no encontraron nada.

—Eso podría ser a propósito —dijo Parker.

—Exactamente. Tal vez la unidad industrial es una fachada. Todo ese lado del negocio es legítimo, por eso no encontraron nada —dijo Gavin.

—¿Qué hay de Bonnie Hopkins? Ella nos dijo que solo ha entregado en la unidad industrial de Trentithe, no en ningún otro lugar.

—Tal vez algo cambió el día que Carl cubrió su turno.

—O está mintiendo. —Laura se dio la vuelta hacia la pizarra—. ¿Deberíamos echar un vistazo al lugar antes de que regrese Kay? Quiero decir, podríamos tener razón, pero…

—… No se vería bien llegar con las manos vacías dos veces en un día, ¿verdad? —Gavin hizo una pausa mientras echaba un último vistazo a los papeles esparcidos por sus escritorios—. Bien, vamos para allá.

—Iré por las llaves de mi coche.

—Debbie, hazme un favor y regístralo en el sistema para que sepan adónde hemos ido. —Se estremeció—. No me apetece terminar como Carl y Will, sin importar lo que encontremos.

CAPÍTULO 41

—¿Por qué crees que mataron a Carl y Will?

Laura maniobró el coche patrulla alrededor de una mini rotonda junto a la entrada de un supermercado, acelerando cuando la carretera se ensanchó.

La expansión urbana dio paso al campo, los setos invadiendo la estrecha acera que se desvanecía en otro medio kilómetro hasta que las propiedades a cada lado cedieron a una vista panorámica del paisaje de Kent.

Gavin revisaba sus correos electrónicos mientras ella conducía, informándole en voz alta las actualizaciones del equipo mientras ella buscaba el desvío.

—No lo sé —dijo finalmente, y bajó su móvil cuando ella indicó que giraría a la izquierda—. Pero me pregunto si Carl era el objetivo y Will simplemente estaba en el lugar equivocado en el momento equivocado.

Laura revisó su espejo retrovisor y luego redujo un poco la velocidad.

—Bien, aquí está el polígono industrial donde estuvieron Kay y Barnes. Según Phillip, debemos seguir por esta carretera durante otros cinco minutos. ¿Listo?

—Sí. —Gavin se acomodó en su asiento para mirarla—. Pero hagamos un trato, ¿de acuerdo? Si creemos que necesitamos dar la vuelta y esperar refuerzos, lo hacemos. Nada de heroísmos, ¿vale?

—Me parece bien.

Sus ojos se movían del sinuoso camino al espejo retrovisor mientras pasaban diferentes propiedades.

Se detuvo en el arcén para dejar pasar a un tractor, haciendo una mueca cuando un seto de espino descuidado raspó contra el espejo de la puerta, luego metió la marcha una vez más y aceleró, sintiendo un nerviosismo que le arañaba el pecho.

Cuando pasaron el polígono industrial, su mirada se dirigió al letrero sobre la unidad del negocio de catering de Alan Trentithe y se preguntó si estaría allí ahora, vigilando a sus trabajadores o quizás esperándolos en su próximo destino.

A pesar de la bravuconería en su sugerencia a Gavin, se preguntó si deberían haber esperado hasta que Kay y Barnes regresaran a la sala de incidentes antes de aventurarse.

Sin el apoyo de sus colegas más experimentados y de mayor rango, se sentía expuesta, y luchó contra una punzada de miedo que comenzaba a roer su concentración.

El camino se estrechó más allá de las unidades industriales, y salvo por un puñado de cabañas de piedra agrupadas detrás de una cerca baja de madera que se inclinaba precariamente hacia la carretera, no había nadie más a la vista.

A medio kilómetro por el camino, giró bruscamente el coche hacia el arcén, la repentina maniobra levantando polvo y pequeñas piedras que salpicaron los guardabarros.

El pecho de Gavin presionó contra su cinturón de seguridad y su teléfono móvil se le cayó de las manos, rodando hasta el hueco de los pies.

—Jesús, Hanway...

Se inclinó hacia adelante, hurgó alrededor y localizó el móvil debajo de su asiento, murmurando entre dientes.

Ella lo ignoró y miró a través del parabrisas.

—Mira.

Un camino oculto se extendía más allá del final de la carretera asfaltada, flanqueado a ambos lados por espesas coníferas y fresnos. Una puerta metálica de cinco barras bloqueaba la entrada y una mezcla de barro y piedras se derramaba sobre la carretera frente a ellos.

El óxido roía los bordes de un letrero que alguna vez

había emitido órdenes de no pasar, las letras desvaídas bajo el asalto alternante de varios inviernos y la luz brillante del sol.

Al otro lado de la puerta, el cadáver de un viejo autobús escolar estaba estacionado bajo los árboles, sin ruedas y con la pintura cubierta de óxido y musgo.

Gavin entrecerró los ojos a través del parabrisas.

—¿Es este el lugar?

—Debe serlo. No hay ningún otro sitio al que ir, este es el final del camino. —Se giró en su asiento para mirarlo, notando la expresión determinada que llevaba—. ¿Deberíamos llamar para pedir refuerzos?

—No —dijo él—, no te preocupes, solo echaremos un vistazo rápido. Podríamos estar equivocados sobre esto, después de todo. Pero aparca cerca de las cabañas.

Cinco minutos después, se acercaron al camino a pie y Laura se detuvo para tomar una serie de fotografías con su móvil en caso de que necesitara registrarlas en HOLMES2 a su regreso a la sala de incidentes.

Un traqueteo de metal contra metal llegó a sus oídos después de que tomara una imagen del letrero oxidado y se volvió para ver a Gavin sosteniendo un candado y una cadena en su mano.

—Estaba abierto —dijo, colgándolo sobre la barra superior de la puerta y empujándola para abrirla.

Ella cerró la puerta y miró el autobús abandonado con una mezcla de disgusto e intriga.

—Eso ha estado aquí un buen tiempo.

—Sí, pero estas marcas de neumáticos son nuevas, mira. —Gavin señaló una serie de líneas entrecruzadas que estaban talladas en la tierra, todas diferentes huellas de neumáticos revolviendo el suelo.

Se mordió el labio y siguió a su colega mientras él mantenía un paso rápido por el borde derecho del camino, asegurándose de evitar pisar las marcas de neumáticos.

Una parte de ella quería ser quien encontrara el avance en la investigación, la otra mitad estaba luchando contra el nudo en las tripas que le recordaba que estaban al menos a treinta minutos de cualquier refuerzo si algo salía mal.

A cada lado del camino de tierra, alineados como una guardia de honor enferma, había una mezcla de coches, furgonetas y un viejo camión militar Bedford en varios estados de deterioro y oxidación.

—Esto debe haber sido un desguace en algún momento —dijo, manteniendo su voz baja mientras sus ojos recorrían los alrededores en busca de cualquier señal de actividad—. Me pregunto por qué no se deshicieron de ellos...

—Escenografía, tal vez —dijo Gavin—. Una forma de hacer que parezca que no está pasando nada por aquí.

—Quizás.

El camino continuaba más allá de un cobertizo de hierro, girando a la izquierda antes de ensancharse en un patio pedregoso lleno de tapacubos de plástico desechados, carburadores oxidados y otras partes de vehículos.

En el extremo más alejado y junto al puente de hormigón de la autopista había tres contenedores de acero para envíos, con las puertas orientadas hacia el camino y firmemente cerradas.

El rugido del tráfico llenaba el aire, y Laura levantó la mirada para ver una serie de camiones articulados con letras alemanas y húngaras a los lados pasar rugiendo junto a las barreras de seguridad reforzadas que abrazaban la autopista. Una sirena solitaria pasó por el lado opuesto, un balido lastimero que se desvaneció en la distancia en segundos.

—Echemos un vistazo alrededor —dijo Gavin.

Cruzó hacia el lado izquierdo del patio, con las manos en los bolsillos mientras se agachaba para examinar algo de la basura desechada alrededor de los bordes, antes de avanzar una vez más y desaparecer de la vista detrás de los restos de una vieja camioneta.

Laura tragó saliva, luego se abrió paso entre los carburadores y las rejillas de radiador abandonadas, sus ojos pasando por encima de los vehículos.

Exhalando, dirigió su atención a los tres contenedores de envío, preguntándose si debería llamar a Parker y decirle que la información de la empresa de entregas estaba equivocada, que no había nada aquí.

Se le cortó la respiración al oír el sonido de un

motor de motocicleta que se acercaba, y giró sobre sus talones.

—¡Gavin! Alguien viene.

Oyó el sonido de pasos apresurados y luego una maldición ahogada y un estrépito cuando su colega tropezó con el tubo de escape de un motor.

—Aquí. —Le hizo señas, y ella corrió para unirse a él junto a un contenedor de basura de tamaño industrial lleno de cajas de cartón vacías que estaban aplastadas bajo la tapa metálica sobresaliente.

Se agachó detrás del contenedor cuando un ciclomotor entró traqueteando a la vista, su conductor luchando por mantenerlo erguido mientras serpenteaba entre los baches y los surcos profundos.

El aliento de Gavin le hacía cosquillas en el pelo mientras se asomaban por encima del contenedor, y ella frunció el ceño cuando el conductor detuvo el ciclomotor junto a los dos contenedores de envío más cercanos.

Se bajó de la moto y levantó la visera del casco antes de quitárselo, revelando el rostro lleno de acné de un adolescente.

El conductor entonces abrió una gran caja de plástico fijada a la parte trasera del ciclomotor, metió la mano y sacó un juego de bolsas de nailon aplastadas.

Dejó que la tapa de la caja volviera a su lugar y sacudió las bolsas antes de caminar hacia el contenedor más alejado de donde estaba Laura y golpeó con el puño la superficie azul oscuro por encima de un asa metálica.

Laura no pudo evitar una brusca inhalación cuando la puerta se abrió y una nube de vapor escapó por la abertura.

El aroma de aceite frito, ajo y más flotó en el viento hasta donde se escondían, y oyó el estómago de Gavin protestar cuando una mujer de unos treinta años le entregó al adolescente dos cajas de pizza.

—Menos mal que no estamos en una misión de vigilancia —susurró.

—Lo siento. Espera, viene alguien más.

Estiró el cuello para poder ver más allá de él y a lo largo del camino.

Efectivamente, un segundo ciclomotor se balanceaba y serpenteaba hacia ellos, el conductor llevaba un casco integral con la visera levantada, su rostro era de determinación mientras intentaba mantener el equilibrio.

Un tercer conductor apareció antes de que llegara al patio, y en cuestión de minutos Laura contó seis conductores de ciclomotores moviéndose frente a los tres contenedores de envío.

—Esta es la verdadera cocina fantasma de Alan Trentithe —murmuró Gavin—. Todos estos son repartidores, ¿verdad? Este es el comienzo de su turno. Mira, ahí va el primer conductor.

El ciclomotor pasó zumbando, el conductor bajando

su visera antes de llegar al camino y luego se alejó conduciendo.

Laura volvió su atención a los contenedores de envío al oír un grito desde el tercer contenedor situado más atrás que los otros, justo a tiempo para ver la puerta cerrarse.

Frunció el ceño, preguntándose si el grito era de advertencia o de otra cosa, y luego emitió un resoplido de sorpresa cuando la puerta se abrió una vez más y un hombre corpulento emergió con una enorme bolsa de patatas fritas congeladas colgada sobre su hombro izquierdo.

Cuando se volvió para cerrar la puerta tras de sí, Laura le dio un golpe en el brazo a Gavin.

—Bingo —dijo—. Ese es el tipo que Ann O'Connor identificó en las imágenes de videovigilancia. Ese es Barry.

CAPÍTULO 42

—Maldita sea, sabía que teníamos razón sobre él.

Barnes golpeó el volante con la palma de su mano y luego se aflojó la corbata.

Se colocaron detrás de un coche patrulla oficial, con las luces encendidas mientras abría camino entre el tráfico de la tarde en dirección a Sandling.

Kay contuvo la respiración y apretó los dientes cuando Barnes adelantó a un autobús, y luego cerró los ojos cuando él cruzó el primer semáforo sin levantar el pie del acelerador.

Su colega continuaba murmurando entre dientes mientras el paisaje volaba frente a su ventana, y ella extendió una mano para estabilizarse cuando él giró el coche en un cruce a la izquierda.

Su estómago protestó cuando el coche descendió por una depresión oculta en la carretera, Barnes girando el volante con facilidad mientras sorteaba las curvas sinuosas del carril y aceleraba hacia las unidades industriales.

Frenó bruscamente, girando el volante a la derecha y enviando el vehículo a rebotar sobre la rampa de hormigón elevada hacia el aparcamiento.

—La próxima vez, conduzco yo —murmuró ella cuando él se detuvo detrás del coche patrulla frente al edificio perteneciente a la empresa de catering de Alan Trentithe.

Los ocupantes del coche patrulla ya habían salido y corrían hacia las puertas abiertas del almacén.

Sus gritos resonaban desde el interior del espacio oscuro mientras reunían a los pocos trabajadores que ayudaban a Trentithe a mantener la apariencia de una empresa de catering en plena actividad operando desde la unidad industrial, y luego Kay escuchó el inconfundible sonido de las botas de un policía retumbando en la escalera interna más allá de la puerta principal y dirigiéndose a las oficinas de arriba.

Dio un paso atrás y miró hacia la ventana del primer piso cuando el policía apareció a la vista, luego gimió cuando el hombre negó con la cabeza.

—Mierda, llegamos tarde.

—¿Jefa? —llamó el otro uniformado desde el almacén—. Hay una puerta trasera, jefa… conduce a un campo.

—Ve. —Kay empujó a Barnes hacia adelante antes

de seguirlo, abriéndose paso entre un conjunto de equipos de cocina.

Apartó la cara de una fila de cuatro freidoras, el calor de dos estufas de gas y el agua hirviendo en las ollas salpicando su piel al pasar, e intentó no resbalar en un charco de aceite que cubría el suelo de hormigón pintado.

El policía que la había llamado mantenía una mano en el brazo de un hombre corpulento vestido de cocinero y señalaba hacia una puerta abierta.

—Es una salida de emergencia, jefa. Vi a alguien salir por ahí cuando estaba arrestando a este.

Barnes ya se dirigía hacia la puerta, y Kay aspiró una bocanada de aire más fresco cuando se encontró en un espacio de hormigón irregular cubierto de maleza en la parte trasera de las unidades industriales.

De solo unos metros de ancho, estaba bordeado por grandes contenedores metálicos que acumulaban una ola de moscas cuando pasaron apresuradamente.

Más allá del hormigón, un amplio campo yacía baldío y separado de las unidades por una valla de madera con tres rieles entre cada poste.

Una pequeña nube de polvo se elevaba desde el centro del pastizal descuidado, y ella entrecerró los ojos a través de ella para ver a Alan Trentithe tropezando mientras se alejaba, su progreso obstaculizado por grandes terrones de barro seco, zarzas retorcidas y raíces de árboles que habían invadido el potrero.

Barnes suspiró. —¿Supongo que quieres que yo…?

Kay miró por encima de su hombro al sonido de las sirenas para ver un segundo coche patrulla deslizarse hasta detenerse frente a la unidad industrial, luego se volvió hacia su colega con la sonrisa más dulce que pudo esbozar en las circunstancias. —Si no te importa. Se habrá ido para cuando ellos lleguen aquí.

El detective mayor suspiró, luego medio tropezó medio saltó sobre la valla de madera y se lanzó a través del campo tras Trentithe.

Momentos después, se le unieron los dos recién llegados.

Tim Wallace la saludó con un gesto antes de centrar su atención en la persecución a pie que estaba teniendo lugar mientras su colega comunicaba por radio una actualización a la sala de control de la fuerza.

Barnes casi había alcanzado a Trentithe en el extremo más alejado del campo, y podían oírle gritando al hombre que se detuviera.

—No lo está haciendo mal para ser un viejo, ¿eh, jefa? —dijo Wallace, cubriéndose los ojos.

Kay resopló. —Creo que esa dieta que Pia le ha puesto está funcionando.

—¿Crees que lo atrapará?

—Si no lo hace, ¿hay algún sendero que salga de este campo? —dijo Kay.

Wallace miró la pantalla de su móvil. —Ninguno que pueda ver. Creo que esto fue cercado por los promotores que son dueños del terreno hasta que reunieran el dinero para construir más de estas unidades. Simplemente nunca sucedió.

—Aquí vamos. Va a por ello.

Kay levantó la vista del móvil de Wallace ante el emocionado comentario de su colega justo a tiempo para ver a Barnes lanzarse sobre Trentithe, sus manos agarrando la camisa del otro hombre mientras caían al suelo.

Se puso de puntillas, estirando el cuello para ver por encima de la hierba alta y los troncos de árboles cortados. —No puedo ver una maldita cosa. ¿Está bien?

Un movimiento en la parte trasera del campo llamó su atención, y exhaló cuando Barnes reapareció antes de arrastrar a Trentithe a sus pies y llevarlo de vuelta a la valla.

Kay miró con furia al hombre mientras Barnes recitaba la advertencia formal, luego observó cómo Trentithe era esposado y llevado por Wallace, quien lo colocó en la parte trasera del coche patrulla.

Se giró cuando Barnes se inclinó y se sacudió los pantalones, un gemido emanando de él mientras se enderezaba.

—¿Estás bien? —dijo ella, extendiendo la mano cuando él se tambaleó.

Él soltó una risa entrecortada.

—Sí, pero como dice el dicho: me estoy haciendo demasiado viejo para esta mierda.

CAPÍTULO 43

Kay se encontraba entre la hierba alta al borde del camino de tierra y se protegió los ojos del sol de la tarde.

Un equipo de seis investigadores de la escena del crimen había descendido sobre los contenedores marítimos hacía una hora, quejándose en voz baja por tener que cargar todo su equipo desde las furgonetas.

Todos los vehículos estaban estacionados en la carretera, y la entrada al camino estaba acordonada y vigilada por un joven policía.

El patio no había corrido mejor suerte y ahora estaba acordonado en diferentes cuadrantes dentro de los cuales el equipo de examinadores forenses de Harriet caminaba de un lado a otro con la cabeza inclinada y portapapeles.

Los contenedores marítimos y los escombros

circundantes de un negocio abandonado ahora estaban siendo analizados pieza por pieza por el grupo, sus voces murmuradas llegando hasta donde Kay esperaba.

En el centro del patio, Barnes y sus otros detectives estaban trabajando gradualmente a través de una línea de diez cocineros que habían emergido de dos de los contenedores marítimos, los trabajadores con caras soñolientas y sudorosas llenas de confusión por la repentina interrupción de su rutina diaria.

Oficiales uniformados estaban tomando declaraciones de los jóvenes repartidores mientras sus ciclomotores eran hisopados y analizados en busca de rastros de drogas por un segundo grupo de investigadores de la escena del crimen que trabajaban metódicamente a través de las bolsas de entrega de nylon y las cajas superiores.

El tercer contenedor marítimo resultó ser un almacén para todos los ingredientes necesarios para las diversas comidas para llevar que se preparaban, y estaba equipado con congeladores industriales y estanterías de aluminio apiladas del suelo al techo con productos secos.

A su derecha, una figura solitaria estaba sentada en el asiento trasero de uno de los coches patrulla, su mirada tormentosa mientras miraba a Kay a través del cristal.

Ella lo ignoró y miró su móvil cuando emitió un *ping*.

El alivio teñido con un sentimiento de emoción la invadió mientras leía el breve mensaje de texto de Debbie: Alan Trentithe estaba bajo custodia, junto con cuatro de sus trabajadores de la unidad industrial.

Todos ellos estaban ahora en la comisaría de Maidstone, esperando su regreso.

Una segunda alerta precedió a un mensaje de felicitación apaciguado de Sharp por el avance que su equipo había logrado.

Como ella, parecía que estaba reservando su juicio hasta que todos los sospechosos fueran formalmente interrogados.

El hombre identificado como el que acuchilló los neumáticos del camión de Carl Taylor la miró con el ceño fruncido mientras ella se acercaba al coche patrulla, guardando su móvil en el bolsillo.

—Muy bien —le dijo al agente uniformado que estaba de pie junto a la puerta del conductor—. ¿Qué ha tenido que decir hasta ahora?

—No mucho, jefa. Dice que quiere un abogado.

—¿Conseguiste su nombre completo?

—Las tarjetas en su billetera y una vieja licencia de conducir de la UE lo identifican como Barry Clements. Lo radié a la central y dicen que tiene algunos cargos por agresión y lesiones de hace tres años, nada desde entonces.

—Manteniendo un perfil bajo, ¿eh?

—O eso, o ha logrado evitar que lo atrapen.

Kay miró al hombre en el asiento trasero que ahora tenía la mirada apartada de ella, luego bajó la voz. —Bien, llévalo de vuelta a la comisaría. Pero mantenlo fuera de la vista de Trentithe.

—Lo haré, jefa.

Ella le dio las gracias, luego rodeó el área que los investigadores de la escena del crimen habían acordonado dentro del cordón interior y se dirigió hacia donde Gavin y Laura estaban de pie, sus rostros absortos mientras los contenedores marítimos eran meticulosamente desarmados.

—¿De quién fue la idea de todo esto? —dijo mientras se acercaba.

Laura pateó una piedra suelta mientras Gavin se aclaraba la garganta.

—Em, fue…

—Nuestra —dijo Laura. Su cara se puso escarlata—. Solo queríamos asegurarnos de que estábamos interpretando correctamente lo que veíamos en la información del tacógrafo antes de dar la alarma, jefa.

—Lo último que queríamos era venir aquí y no encontrar nada —dijo Gavin—. Pero conocíamos los peligros, jefa, por eso Debbie lo registró en el sistema, y por eso llamamos tan pronto como Laura reconoció a Barry de las imágenes de videovigilancia.

Kay los miró a ambos, preguntándose exactamente hasta dónde habrían llegado si no fuera por el momento de claridad que resultó en esa llamada telefónica, y recordando a una agente anterior con una vena similar de impetuosidad y determinación.

Sin duda habían pasado el tiempo desde que solicitaron refuerzos ordenando lo que le dirían, pero no podía criticar un trabajo bien hecho.

Una sonrisa se formó en sus labios antes de que sacudiera la cabeza y se volviera para ver a Barry Clements mientras lo llevaban. —Buen trabajo, ambos. Solo aseguraos de no omitir nada cuando escribáis vuestros informes. Ahora que tenemos a esos dos bajo custodia, quiero asegurarme de que cualquier cargo se mantenga. No quiero que el Servicio de Fiscalía de la Corona cuestione nuestros resultados.

Gavin cuadró los hombros. —Por supuesto, jefa. Gracias.

—Muy bien. Mejor id y empezad, entonces. Aseguraos de actualizar a Barnes tan pronto como regreséis a la sala de incidentes también. Él está manejando ese extremo de las cosas hasta que yo regrese.

Los observó dirigirse de vuelta por el camino, luego levantó una mano en señal de saludo cuando Harriet Baker se acercó desde el primer contenedor marítimo.

Después de agacharse bajo la cinta que se extendía entre dos estacas de hierro clavadas en el suelo duro, la principal investigadora de la escena del crimen se echó hacia atrás la capucha protectora de su cabello y se quitó los guantes.

—¿Cómo va? —dijo Kay, luchando contra el impulso de deslizarse bajo la cinta e ir a mirar por sí misma en lugar de tener que caminar de un lado a otro esperando respuestas.

—Lentamente. —Harriet se volvió para mirar los contenedores marítimos y arrugó la nariz—. En cualquier caso, querrás marcar este lugar con la Agencia de Normas Alimentarias. Dios sabe cuándo fue la última vez que los inspeccionaron por higiene.

—Hay reglas diferentes para lugares como este porque no sirven comida al público en las instalaciones —dijo Kay—. Pero entiendo tu punto. Haré que uno de mi equipo haga una llamada telefónica por la mañana. ¿Qué hay de mi investigación? ¿Algo que vincule este lugar con los asesinatos?

—No, pero solo estamos a la mitad, así que no te asustes todavía. —Harriet señaló a un par de investigadores de la escena del crimen que estaban sacando más equipo de la parte trasera de su furgoneta —. Estamos preparando las luces por si terminamos trabajando hasta tarde. Si eso es lo que se necesita…

Se interrumpió ante un grito desde el otro lado del patio y Kay se volvió para ver a uno de los otros investigadores de la escena del crimen levantando la mano.

Llamó de nuevo y les hizo señas.

—Parece que Charlie ha encontrado algo — dijo Kay.

—Y parece que tendrás que ponerte el traje después de todo —respondió Harriet—. Vamos.

Una vez que Kay se hubo puesto el mono protector, las cubiertas para los zapatos y los guantes, se puso a caminar detrás de la investigadora forense principal.

Harriet lideró el camino a lo largo de la ruta marcada, serpenteando entre los vehículos y maquinaria abandonados hasta que llegaron al tercer contenedor de carga y pudieron ver a través de las puertas los grandes congeladores junto a los cuales estaba Charlie.

—¿Qué has encontrado? —gritó Harriet.

Los ojos de Charlie se arrugaron por encima de su máscara protectora. Les hizo señas para que entraran y luego asintió hacia el enorme congelador que estaba a mitad del contenedor.

—Creo que aquí estaban haciendo algo más que cocinar comida, jefa.

Kay pasó la mirada por las bolsas de verduras congeladas, patatas fritas y más, luego reprimió una exclamación de sorpresa al ver una docena de paquetes familiares con forma de ladrillo similares al que se encontró en el desagüe del jardín de Carl Taylor.

—Creo que será mejor que le digan a sus clientes que no habrá comida en el menú esta noche —dijo ella—. No hasta que averigüemos qué demonios ha estado pasando por aquí.

CAPÍTULO 44

La oscuridad abrazaba el cielo fuera de las ventanas cuando Kay regresó a la sala de incidentes.

Después de llamar a Adam para avisarle que no esperaba llegar a casa mucho antes de la medianoche, agradeció a Laura por la taza de café que la agente le puso bajo la nariz y se sirvió una rebanada de pizza de la selección que Debbie había pedido para mantenerlos en marcha.

Miró los ingredientes vegetales con un renovado interés, preguntándose quién habría cocinado la comida y si ellos también estarían trabajando en condiciones similares a las que sufrían los trabajadores de Alan Trentithe.

—Son de la tienda al final calle —dijo Debbie al pasar por su escritorio—. No te preocupes, fui caminando a buscarlas con Parker.

Kay sonrió. —Gracias. Necesitaba algo para seguir adelante.

—Pensamos que todos lo necesitarían. —Debbie inclinó la cabeza hacia la mesa junto a la pizarra—. Toma más, hay suficiente para todos. Bueno, hasta que Gavin vuelva de los calabozos...

Kay no necesitó pensarlo ni un segundo más; su estómago rugió mientras se lamía las migas de los dedos, y se apresuró hacia donde Barnes estaba de pie con una rebanada de pizza de pepperoni en la mano mientras miraba las notas en la pizarra.

—Un trabajo que da hambre, eso de correr —dijo entre bocados.

Ella miró las manchas de hierba y suciedad que se aferraban a la espalda de su camisa y sonrió. —Supongo que tienes una de repuesto para ponerte en los interrogatorios, ¿no?

—En mi casillero abajo. Me cambiaré en un minuto. —Tomó un sorbo de una lata de refresco antes de reprimir un eructo y se dio una palmadita en el pecho—. ¿Cuándo quieres que empecemos?

—¿Hay comida?

Se volvieron al oír la voz de Gavin un momento antes de que se uniera a ellos, sirviéndose con entusiasmo dos rebanadas y una servilleta de papel.

—Comeremos esto y luego empezaremos con los interrogatorios—dijo Kay, limpiándose las manos con un pañuelo y lanzándolo a la papelera más cercana—. Supongo que ambos tienen representación legal, ¿no?

—Los abogados llegaron hace veinte minutos, jefa —dijo Laura—, y Hughes los ha llevado con sus clientes.

—Gracias.

—¿A quién entrevistamos primero, jefa? —dijo Barnes.

—A Alan Trentithe, creo. Veamos qué tiene que decir por sí mismo, dado que mintió descaradamente cuando lo entrevistamos esta mañana. —Kay dio un golpecito en el brazo a Gavin mientras este cogía una tercera rebanada de pizza—. Quiero que estés en la entrevista con Barry Clements, así que asegúrate de poder darme una verificación de antecedentes completa sobre él en una hora, ¿de acuerdo?

—Lo haré, jefa.

—Laura, ¿puedes hacer de intermediaria en estas entrevistas en caso de que necesitemos seguir algo que diga uno de ellos? Me gustaría mantener esto avanzando; Sharp aún no me ha respondido sobre la extensión del tiempo de custodia para estos dos, y no quiero correr riesgos.

La agente asintió. —Sin problema.

—Bien, Barnes, si estás listo, vamos a ver qué tiene que decir nuestro señor Trentithe, ¿de acuerdo?

CAPÍTULO 45

Kay notó con satisfacción que las facciones de Alan Trentithe guardaban un parecido sorprendente con la camisa y los pantalones arrugados que llevaba puestos.

Sus mangas estaban cubiertas de tierra donde él y Barnes habían rodado por el suelo, y un desgarro en el material sobre el puño izquierdo revelaba una raspadura de aspecto irritado que parecía haber sido limpiada por el sargento de custodia a su llegada a la comisaría.

Una gasa blanca cubría un área en el dorso de su mano.

A su lado, un hombre delgado como un junco con el pelo negro peinado hacia atrás sobre las orejas levantó sus ojos gris pálido hacia ella y asintió a modo de saludo.

—Me debe un traje nuevo —gruñó Trentithe cuando Barnes tomó asiento.

Ambos detectives ignoraron el comentario.

Kay esperó hasta que su oficial pusiera en marcha el equipo de grabación y recitara la advertencia formal, luego respiró hondo mientras abría una carpeta y sacaba un fajo de papeles grapados.

—Presentes en la entrevista están la inspectora Kay Hunter, el oficial Ian Barnes, Alan Trentithe, ¿y…?

—Spencer Verdy, abogado del señor Trentithe —dijo el hombre, deslizando una tarjeta de visita a través de la mesa.

—Bien. —Kay dobló una página del primer documento y juntó las manos sobre él—. Me referiré a las declaraciones que hizo bajo advertencia formal esta mañana, señor Trentithe. Han cambiado muchas cosas desde entonces, ¿no es así? ¿Le importaría explicarse?

—Mi cliente desea expresar su conmoción ante el giro de los acontecimientos de esta tarde —dijo Verdy, con una voz tan delgada como su figura etérea—. No tiene nada que ver con el funcionamiento diario de las cocinas temporales, y no sabe nada sobre los supuestos sucesos que ocurren allí.

Kay observó cómo el párpado inferior izquierdo de Trentithe se crispaba, luego miró a su abogado.

—Buen intento. El señor Trentithe aquí presente es el único firmante de la compra de los contenedores de envío. —Empujó la documentación a través del escritorio hacia los dos hombres, observando con cierta satisfacción cómo Trentithe se frotaba el costado de la nariz y miraba fijamente la página—. Utilizamos los números de las placas de aprobación del Convenio de Seguridad de Contenedores que aún están fijadas al lado de los contenedores para rastrear la empresa a la que se los compró hace tres años. Fueron bastante serviciales. Incluso nos dijeron cuánto pagó usted en efectivo y nos proporcionaron una copia del albarán de entrega también. El oficial Barnes aquí presente habló con el conductor de la grúa hace una hora; todavía recuerda el trabajo. Dice que fue un infierno llevar su camión por ese camino. Cree que la suspensión nunca volvió a ser la misma. ¿Cómo va esa memoria suya, Alan?

—Sin comentarios.

Kay le arrebató los papeles y reemplazó la documentación con una foto policial tomada del hombre que actualmente miraba fijamente las paredes de la sala de interrogatorios uno. —Hábleme de Barry Clements.

—Mi cliente contrató al señor Clements para supervisar el trabajo adicional que se realiza en una cocina en la nube temporal que se instaló para hacer frente a una demanda creciente. —Verdy lanzó una mirada de reojo a su cliente antes de continuar—. El señor Clements tiene la responsabilidad exclusiva de esa parte del negocio. Como le hemos dicho, mi cliente no tiene nada que ver con el funcionamiento diario...

—Oh, ahórreme las tonterías —espetó Kay—. ¿Qué pasó, Alan? ¿Carl Taylor tropezó con lo que usted y

Barry estaban realmente cocinando en esos contenedores?

Barnes se inclinó hacia adelante y deslizó una bolsa de pruebas transparente hacia Trentithe. —Esto se encontró en el desagüe del jardín de la casa de Carl. El empaque es idéntico a otros localizados en un congelador dentro de uno de los contenedores que le pertenecen, Trentithe. Cocaína.

—¿Está utilizando a esos adolescentes para traficar drogas? —dijo Kay—. ¿Es eso lo que Carl descubrió hace tres semanas cuando hizo una entrega allí? ¿Lo robó y usted se enteró? ¿Es por eso que lo asesinó a él y a Will Nivens?

—Yo no los maté —dijo Alan, levantando la barbilla y mirándola fijamente—. No tuve nada que ver con eso, se lo dije. Pregúntele a Barry.

Kay reunió la documentación, cerró la carpeta de manila y se puso de pie.

—Eso es lo que pienso hacer.

CAPÍTULO 46

Barry Clements era un bruto desagradable.

Una piel marcada por cicatrices cubría su mandíbula, y su nariz parecía como si todo el cartílago se hubiera rendido hace años.

Kay miró sus manos carnosas mientras él giraba un anillo de oro alrededor de su dedo meñique, y supuso que tenía un historial de boxeo, o al menos de peleas de algún tipo, si su historial criminal era un indicativo.

Aún llevaba puesta la sudadera gris pálido manchada de grasa y los pantalones de chándal negros con los que lo habían arrestado, y ella arrugó la nariz ante el hedor a grasa vieja de freidora y olor corporal que llenaba la habitación.

Según la información de antecedentes que Gavin le había proporcionado antes de entrar en la sala de interrogatorios, Clements tenía una hoja de cargos que comenzó cuando tenía diecinueve años, algo que se había detenido hace tres años.

Mientras su colega recitaba la advertencia formal y presentaba a los presentes para los propósitos de la máquina de grabación, ella recorrió con la mirada la lista de multas, las órdenes de servicio comunitario y las estancias en varias prisiones alrededor de la costa sur cuando la paciencia del sistema legal se agotó con el hombre, y luego se preguntó qué había cambiado, y por qué.

—¿Cuánto tiempo lleva trabajando para Alan Trentithe? —Colgó su chaqueta sobre el respaldo de la silla de plástico antes de cruzar los brazos sobre su pecho mientras miraba fijamente al hombre—. ¿Y bien?

Él se encogió de hombros, un gesto que fue acompañado por una mueca malhumorada.

—Conteste la pregunta, Barry —dijo Kay.

Miró al abogado sentado a su lado, reconociéndolo como uno de los abogados de oficio habituales disponibles para clientes que no tenían su propia representación legal.

Henry Franks llevaba una expresión aburrida y jugueteaba con la tapa de su pluma estilográfica, las líneas que surcaban sus mejillas y alrededor de sus ojos mostraban todos sus sesenta y cuatro años.

Una sensación de cansancio emanaba de él como si

la situación de su cliente fuera demasiado familiar, y ella se preguntó si sus ojos inyectados en sangre eran una indicación de las horas que estaba trabajando, o un problema de salud subyacente causado por el estrés.

Franks se volvió hacia su cliente y agitó una mano impaciente hacia él.

—El señor Clements ayuda al señor Trentithe de vez en cuando, según sea necesario. No es un arreglo permanente.

Clements frunció el ceño ante las palabras, luego levantó la barbilla.

—Yo solo hago lo que me dicen, eso es todo.

—Oh, habla. —Kay dejó caer los brazos sobre la mesa y tomó la carpeta que Gavin le extendía. Extrajo copias de las fotografías capturadas por la cámara de videovigilancia fuera de la tienda de antigüedades y las giró para que los dos hombres las vieran—. ¿Por qué rajó los neumáticos del camión de Carl Taylor hace diez días, señor Clements?

El hombre resopló, luego se limpió la nariz con la manga sucia de su sudadera gris pálido.

—Alan me lo ordenó.

—¿Cuándo?

—El jueves por la noche.

—¿Le dijo por qué?

—No.

—¿Conocía a Carl Taylor?

—Lo vi por ahí una o dos veces.

—¿Dónde?

—Aquí y allá.

—¿Alguna vez vio a Carl en Sandling, cerca de los contenedores de envío?

Un silencio pétreo recibió su pregunta, y ella recogió las fotografías mientras observaba los ojos del hombre desviarse hacia la carpeta abierta en las manos de Gavin.

—Conteste la pregunta, señor Clements. ¿Alguna vez vio a Carl Taylor cerca de los contenedores de envío?

—Una vez, tal vez.

—¿Cuándo fue eso?

—No puedo recordar.

—Bueno, esfuércese más.

—Podría haber sido hace tres semanas. Quizás un poco antes.

—¿Qué estaba haciendo allí?

—Entregando comida.

—¿Con qué frecuencia hace eso?

—No lo hace, no usualmente. Esa fue la primera vez que lo vi. No ha vuelto desde entonces.

—Bueno, no me sorprende, señor Clements. Lo encontraron congelado hasta la muerte en la parte trasera de un coche el lunes pasado por la mañana.

Gavin se inclinó y colocó una fotografía diferente sobre la mesa frente al hombre y su abogado.

—Más importante aún, lo encontraron en *este* coche, que solía pertenecerle a usted.

—No lo reconozco.

—¿Dónde estaba usted el domingo pasado por la noche entre las seis de la tarde y las cuatro de la mañana siguiente? —dijo Kay.

—No puedo recordar.

—Quizás pueda recordárselo. —Dio un golpecito a la fotografía—. Estaba robando este vehículo a la mujer a quien se lo vendió el año pasado. Todavía tenía una llave, ¿no es así? Una copia extra, lo que significa que podía usarlo para transportar el cuerpo de Carl desde el camión refrigerado y dejarlo en el negocio de Mike O'Connor. ¿Por qué?

Kay escuchó el sonido distintivo de Clements rechinando los dientes antes de que se pasara una mano por la mandíbula y un silencio descendiera sobre la habitación.

—Señor Clements, actualmente podemos retenerlo aquí para interrogarlo durante otras veintiuna horas —dijo, y señaló las fotografías—. Dada la evidencia disponible, mi comisario estará bastante dispuesto a extender eso por otras doce si es necesario. Mientras tanto, mi equipo continúa desmantelando esos contenedores de envío y las oficinas de Alan Trentithe. Toda la cocaína encontrada en los congeladores de su lugar de empleo ha sido confiscada. Estoy segura de que encontraremos sus huellas dactilares en ella también.

Gavin levantó la solapa de la carpeta manila, miró sus notas y soltó un resoplido despectivo.

—Hasta ahora, calculan que tienen más de cuatrocientas mil libras en valor de esa cosa. No puedo imaginar que sus compradores estarán muy contentos cuando no aparezca.

—Nada que ver conmigo —dijo Clements, con un gruñido torciendo su labio—. Es el negocio de Alan. Como dije antes, yo solo hago lo que me dicen.

—¿Incluyendo asesinar a dos inocentes conductores de reparto? —dijo Gavin.

—Yo no maté a ninguno de ellos.

—Pero usted sí movió el cuerpo de Carl y lo colocó en este viejo coche suyo antes de abandonarlo frente al negocio de Mike O'Connor —dijo Kay.

Clements lanzó una mirada de soslayo a su abogado, luego volvió a mirarla. —Solo porque Alan me lo ordenó.

—Oh, ¿y usted simplemente obedeció, verdad? ¿Qué tiene sobre usted, Barry? Debe ser algo bastante grave si lo tiene corriendo por ahí deshaciéndose de cuerpos.

—No se suponía que pasara así. Tuvimos mala suerte ese día, eso es todo.

El corazón de Kay dio un vuelco. —¿Qué día? ¿El viernes que mataron a Carl y Will?

—Yo no los maté —espetó—. No, el día que él

apareció en lugar de la mujer habitual que hace las entregas.

Gavin deslizó una fotografía de Bonnie Hopkins hacia el hombre. —¿Se refiere a ella?

—Sí. —Barry soltó una risa amarga—. Si hubiera sido ella ese día haciendo la entrega, no habría habido ningún problema.

CAPÍTULO 47

—No es tu culpa que ella mintiera.

Kay miró a través del parabrisas la casa independiente ubicada en un rincón aislado del callejón sin salida.

Un cálido resplandor brillaba a través de las cortinas parcialmente corridas de las ventanas de la planta baja, intercalado con destellos de colores más brillantes provenientes de una pantalla de televisión. Bajo la luz de la calle junto al seto delantero, podía ver un césped perfectamente recortado rodeado de arbustos florecidos en los bordes y una jardinera bajo el alféizar de la ventana más grande de la fachada.

—Debería haber sabido que algo no andaba bien —dijo Gavin—, pero ella negó tener conocimiento de que Trentithe tuviera un segundo negocio de cocina fantasma. Nos dijo que solo entregaba en la unidad industrial.

—¿Qué revelaron sus antecedentes?

—Todo limpio, nada que sugiriera que pudiera estar involucrada en lo que Trentithe está tramando.

Kay se mordió el labio, luego abrió la puerta de golpe y arrancó las llaves del encendido.

—Muy bien, veamos qué tiene que decir por sí misma.

Se apresuró hacia la puerta principal y golpeó con los nudillos la superficie de PVC antes de tocar el timbre, decidida a que los ocupantes no tuvieran dudas de que tenía prisa y quería respuestas inmediatas.

El comisario Sharp aún no había confirmado la extensión del período en el que podía interrogar a Trentithe y Clements, y era muy consciente de que las horas pasaban volando.

Un hombre abrió la puerta vestido con una camiseta negra lisa y vaqueros, ligeramente más alto que Kay y con una expresión confundida.

Ella mostró su placa.

—¿Está su esposa en casa, señor Hopkins?

—¿Qué es esto…?

—Es urgente. ¿Podemos pasar?

Hopkins se hizo a un lado, con el ceño fruncido.

—Son las diez y cuarto, detective. ¿No puede esperar esto hasta…?

—No, no puede. ¿Dónde está su esposa, por favor?

—¿Qué está pasando? —Bonnie Hopkins apareció en una puerta a la izquierda de Kay, con una copa de vino tinto medio vacía en la mano. Su expresión cambió de confusión a miedo cuando vio a Gavin de pie en su pasillo—. ¿Ocurre algo?

—Necesitamos hablar, si no le importa, señora Hopkins —dijo Kay—. Ahora.

—¿Mamá? —Una joven con largo cabello castaño bajó las escaleras, con auriculares colgando alrededor de sus hombros, su tono ansioso—. ¿Por qué está aquí la policía?

—No es nada, Beth. Vuelve a la cama. Despertarás a tu hermana, y tienes escuela por la mañana.

Bonnie se volvió hacia Kay.

—Pasen por aquí.

Levantó la mano para impedir que su marido las siguiera, luego los condujo a la cocina en la parte trasera de la casa y cerró la puerta que daba al pasillo. Hecho esto, se volvió para enfrentar a Kay.

—¿Qué quieren?

—Quiero que me hable sobre Barry Clements y los contenedores de envío a los que entrega comida congelada cerca de Sandling —dijo Kay—. Y luego, quiero que me hable sobre las drogas en las que está involucrado Alan Trentithe.

La mujer cogió su copa, apuró el último sorbo de vino y luego exhaló un suspiro tembloroso.

—Supongo que todo iba a salir a la luz tarde o

temprano, especialmente después de que Carl y Will fueran asesinados.

Kay notó que la mano de la mujer temblaba mientras colocaba la copa junto al fregadero de acero inoxidable bajo la ventana, y frunció el ceño.

—¿Cuánto tiempo hace que lo sabe? —dijo—. ¿Meses? ¿Años?

—Unos seis meses. —Bonnie se apoyó contra la encimera y parpadeó para contener las lágrimas—. Es todo culpa mía que estén muertos, ¿verdad?

Gavin sacó una de las sillas junto a la mesa en la esquina.

—¿Por qué no se sienta y nos cuenta desde el principio?

La mujer asintió, luego se hundió en el asiento y apoyó el codo en la mesa, con la mirada baja.

—Yo… vi algo allí. Debió ser justo después de Año Nuevo. Hacía un frío terrible, el camino estaba helado. Estaba descargando el camión junto a los contenedores de envío. Hay uno casi debajo del puente de la autopista, allí es donde guardan todas las existencias de alimentos. Normalmente, hay alguien allí para ayudarme, Barry. Él se queda junto a la puerta del contenedor mientras yo le paso las cajas. Nunca solía entrar.

Se aclaró la garganta, como si le costara dejar salir las palabras.

—Él no estaba por allí cuando llegué ese día; una de

las empleadas de la cocina estaba fumando afuera y me vio llegar, así que se ofreció a ayudar. Supongo que no sabía que yo no debía entrar en el contenedor de almacenamiento y yo no le di importancia. Tenía frío y solo quería volver a la cabina y subir la calefacción.

—¿Qué pasó? —dijo Kay.

—Llevamos las cajas al contenedor de envío y ella me dijo que pusiera las dos que yo llevaba en uno de los congeladores horizontales cerca del fondo. —Bonnie se limpió las lágrimas que ahora corrían por sus mejillas y sorbió—. Abrí el equivocado por error. Supe lo que estaba viendo tan pronto como lo vi.

—¿Qué vio?

—Drogas. Muchos paquetes de drogas, como los que se ven en las noticias cuando ha habido una gran redada y los muestran para las cámaras.

—¿Qué hizo?

—Nada, por un momento. Estaba demasiado conmocionada. Luego la mujer se apresuró hacia donde yo estaba, no sé su nombre, y cerró la tapa de golpe. Me estaba gritando que debería haber escuchado, que era estúpida y que se refería al congelador del otro lado. Estaba retrocediendo para salir del contenedor cuando… no sé… simplemente *sentí* que alguien estaba detrás de mí, y allí estaba Barry. Pensé que iba a matarme. La expresión en su rostro…

Kay captó la mirada de sorpresa de Gavin y negó

ligeramente con la cabeza. Ahora que la mujer estaba hablando, no quería interrumpir.

—Me acompañó de vuelta al camión —continuó Bonnie—. Dijo que podían pasar dos cosas. O podía mantener la boca cerrada sobre lo que había visto, o se aseguraría de que nunca volviera a ver a mi familia. Dijo que solo estaba guardando las drogas para un amigo, un favor, y que desaparecerían en una semana.

—¿Cree que estaba mintiendo y que Carl vio las drogas cuando cubrió su turno hace tres semanas? —dijo Kay.

—Sí. Debió haberlo hecho. No sé si logró conseguir algo para probar lo que estaba pasando, pero fuera lo que fuera, debieron haberse enterado.

—¿Por qué no nos contó todo esto cuando hablamos con usted la semana pasada? —dijo Gavin.

—No pude. —Bonnie negó con la cabeza y desvió la mirada—. Esperaba que encontraran algo. Y luego, hoy más temprano, quería ayudar, de verdad que sí. Pero cuando llegué a la comisaría y empezaron a hablarme, me dio mucho miedo. Es mi día libre, ¿saben?, así que pensé que si les contaba lo que estaba pasando, podría ir a recoger a las niñas de la escuela. Podría protegerlas si Barry o Alan intentaban hacer algo. Pensé que si… no sé… les daba un empujón en la dirección correcta, todo esto terminaría. Después de lo que pasó con Carl y Will… Estoy fuera de mi elemento. No puedo seguir así.

El rostro de la mujer se desmoronó, con lágrimas corriendo por sus mejillas.

—Bonnie, ¿ha recibido algún tipo de pago o soborno de Alan Trentithe por guardar silencio? —preguntó Kay.

—No, nada en absoluto. Sabían que no podía decir nada… como dije, saben que tengo dos niñas y si intentaba decirles algo a ustedes, dijeron que las matarían. Estaba aterrorizada. —Sus ojos se movieron de Kay a Gavin, y luego de vuelta—. Tienen que creerme. He estado tan asustada que ni siquiera se lo he contado a Mark.

—¿Y qué hay de los motociclistas? —preguntó Gavin—. ¿Están involucrados?

—No lo sé. No hay muchos durante el día cuando llego allí. Tendrían que preguntarle a uno de ellos. —Los hombros de Bonnie se hundieron—. Créanme, en estos días, hago mi entrega y me alejo de ese lugar lo más rápido que puedo.

CAPÍTULO 48

Los pensamientos de Kay se hicieron eco del siseo de sorpresa que se le escapó a Gavin al ver a Adrian Whitely.

La cuenca del ojo del adolescente estaba morada y amarilla por un furioso golpe que le había dejado un moretón en toda la mejilla izquierda y hacía que su párpado cayera mientras trataba de mirarlos con furia a través de una rendija en la puerta principal.

—¿Dónde está tu padre? —dijo Kay, estirando el cuello para ver más allá del escuálido adolescente y a lo largo de un pasillo brillantemente iluminado—. ¿No está?

—En el pub. —Adrian frunció el ceño—. Pero volverá pronto, así que…

—No te preocupes, seremos rápidos. —Kay puso su mano contra la puerta para que no pudiera cerrarla—.

Entremos antes de que los vecinos se pregunten qué está pasando.

—Vale.

El joven de diecisiete años arrastró los pies por la alfombra mientras los conducía a una sala de estar escasamente decorada que apestaba a nicotina.

Incluso el techo tenía un tinte amarillento y, mientras Kay recorría con la mirada los modelos más recientes de televisión y equipo de sonido a juego contra una pared, pudo ver dónde estaban las prioridades de su padre.

Adrian se dejó caer en un sillón desgastado que se hundió bajo su peso y levantó la barbilla, fingiendo indiferencia.

—¿Qué quieren, entonces?

Kay recitó la advertencia formal, recordándole a Adrian sus derechos y frunció el ceño.

—¿Quién te golpeó?

—¿A usted qué le importa?

—¿Te lo hizo tu padre?

—Estaba furioso después de que hablé con ustedes. Me dijo que fui estúpido al involucrarme. Dijo que no pagará un abogado para ayudarme, así que no sé qué voy a hacer ahora. —Adrian se encogió de hombros, volteando la cabeza—. Todo lo que quería era ganar algo de dinero para poder salir de aquí. Alejarme de él.

—Cuéntame sobre Barry Clements y Alan Trentithe

—dijo Kay mientras Gavin sacaba su libreta—. ¿Qué está pasando realmente en esa cocina fantasma de ellos?

—No puedo decírselo. Me matarán si se enteran de que he hablado con ustedes.

—Ambos están actualmente bajo custodia. Estoy investigando su participación en el asesinato de dos hombres. Lo que me digas ahora podría ayudarme a encerrarlos por mucho tiempo.

Observó cómo el adolescente frunció el ceño y luego bajó la mirada hacia la fea alfombra, su nuez de Adán subiendo y bajando en su garganta.

Sus hombros se elevaron mientras exhalaba, y ella contuvo la respiración con la esperanza de que quisiera descargar todo lo que debía haber estado guardando durante meses.

Necesitaba su ayuda más de lo que él podía imaginar.

—Empezó con el negocio de catering hace unos tres años —dijo Adrian, inclinándose hacia adelante en su asiento y apoyando los codos en las rodillas—. Me enteré por un colega que necesitaban camareros y eso para ayudar a servir comida en eventos. Ellos proporcionaban los uniformes y todo. Todo lo que tenía que hacer era presentarme, y nos pagaban en efectivo. Solía conseguir que me llevara uno de los otros que trabajaban para ellos en ese entonces.

—¿Cómo se organizaban los eventos? —dijo Kay—. ¿Sabes cómo encontraban clientes?

—De boca en boca, supongo. Especialmente una vez que la gente supo lo que realmente estaba pasando en ellos.

—Explícate.

Adrian levantó los ojos hacia ella.

—Toda esa gente pija con las casas grandes por aquí que no se molestan en cocinar para ellos mismos cuando tienen una fiesta. Contratan servicios de catering, ¿verdad? Creo que Alan vio una oportunidad, ¿sabe? Todo ese dinero, toda esa gente viviendo a lo grande. No sé cuándo empezó, pero para cuando yo empecé a trabajar para él, ya tenía trabajos regulares. Trabajo repetido. Una vez que la gente supo que el catering ofrecía algunos… extras opcionales, realmente despegó para él.

—¿Estás diciendo que usaba el negocio de catering para vender drogas?

—Sí.

Kay parpadeó.

—¿Conoces a Mike y Ann O'Connor?

—Sí, pero no los he visto en un año o más. Creo que vendieron el lugar. Trabajé en un par de eventos de catering que estaban haciendo en el pueblo. Ann no quería hacer toda la comida ella misma, así que contrataron el trabajo a Alan. —Una sonrisa astuta cruzó sus labios—. No creo que se dieran cuenta de por qué eran tan populares, incluso cuando ganaron ese premio.

—¿Cuándo comenzó el negocio de comida para llevar?

—Justo después del catering, creo. Alan me pidió que cambiara a eso hace unos dieciocho meses. Dijo que creía que estaban a punto de perder un gran contrato de catering, así que quería concentrarse en ese lado del negocio. Dijo que iba a despegar y necesitaba toda la ayuda que pudiera conseguir.

Ella suspiró, incapaz de contener su frustración y caminó por la alfombra.

—¿Por qué no nos dijiste esto cuando te entrevistamos sobre seguir a Helen Taylor?

Adrian palideció, su bravuconería desvaneciéndose.

—N-no podía. Valía más mi trabajo.

—Adrian, si acusamos a Barry Clements y Alan Trentithe de los asesinatos de Carl Taylor y Will Nivens, *no hay* trabajo. ¿Entiendes? —Kay se detuvo frente a él, mirándolo fijamente—. ¿Estás vendiendo drogas cuando entregas las comidas para llevar?

Él asintió, con la boca torcida.

—Mire, todo lo que quería era ganar suficiente dinero para poder irme de aquí, ¿vale? —Sorbió, se limpió el ojo con enojo e hizo una mueca por el dolor subsiguiente—. No tengo ningún título, así que no es como si fuera a ir a la universidad pronto. Solo quiero irme.

La mandíbula de Kay se abrió cuando Adrian comenzó a llorar.

Se cubrió la cara con el brazo, sus mejillas rojas de vergüenza mientras los sollozos sacudían su delgado cuerpo.

—Estoy jodidamente asustado, ¿vale? No puedo irme. Vendrán por mí. Dijeron que lo harían. Una vez que estás dentro, estás dentro. Y mi padre me matará cuando se entere.

Kay oyó que un coche se detenía afuera mientras las luces azules intermitentes se reflejaban contra las cortinas cerradas.

—Vamos a necesitar que vengas de vuelta a la comisaría con nosotros para dar una declaración formal, Adrian. Vámonos.

Dio un paso atrás mientras Gavin ayudaba al adolescente a ponerse de pie y lo guiaba hasta la puerta principal.

Adrian la cerró con llave con mano temblorosa, la cabeza gacha mientras lo conducían hacia el coche patrulla que esperaba.

—¡Eh! ¿Qué coño crees que estás haciendo?

Kay giró sobre sus talones al oír la voz y vio al padre de Adrian tambaleándose hacia ellos, con el puño levantado en el aire mientras aceleraba el paso.

Ella retrocedió un paso mientras él se acercaba. —Parece que está como una cuba.

—Va a matarme.

—¿Tienes algún otro lugar donde quedarte después de todo esto? —dijo Kay, volviéndose hacia Adrian.

—Mi abuelo vive en Paddock Wood. Tal vez me deje quedarme, no lo sé. Nunca se lo he pedido.

Kay se giró y observó cómo uno de los agentes uniformados levantaba la mano y se movía para impedir que el padre de Adrian se acercara más, luego dio un suave empujón al adolescente hacia la casa.

—Le pediré a los muchachos que te lleven allí cuando hayan terminado contigo y le pediré a tu abuelo que te ayude por un tiempo. Ve a buscar algo de ropa mientras yo hablo con tu padre. Vamos.

CAPÍTULO 49

Era mucho después de la medianoche cuando Kay regresó a la sala de interrogatorios y fulminó con la mirada al hombre frente a ella.

El comportamiento confiado de Alan Trentithe se había desvanecido en las horas desde que lo entrevistó por última vez.

A su lado, su abogado lucía desaliñado en un traje ahora arrugado, su rostro ya cansado con la realización de que el nuevo día estaba a punto de presentarle largas horas de trabajo.

Kay no perdió tiempo una vez que Barnes reinició formalmente el proceso de interrogatorio.

—Según las pruebas, respaldadas por las declaraciones de dos testigos, señor Trentithe, usted ha estado utilizando su negocio para traficar grandes cantidades de cocaína, obtener ganancias de ese suministro ilegal y blanquear los ingresos.

Trentithe se burló. —Los testigos son mentirosos, detective Hunter. No he estado haciendo nada ilegal. Soy un empresario legítimo y un partidario de muchas buenas causas locales.

—Ha sido partidario de muchas más cosas que eso —dijo ella—. Incluyendo extorsión, soborno, amenazas a sus empleados y sus familias... Todo iba bien hasta que apareció Carl Taylor, ¿no es así? Él arruinó todos sus planes.

Observó cómo Trentithe apretaba el puño y supo que había tocado un punto sensible.

—¿Qué hizo cuando se dio cuenta de que él había descubierto lo que realmente estaba haciendo con esa cocina fantasma suya? ¿Lo amenazó primero o hizo que Adrian siguiera a Helen Taylor de inmediato?

Trentithe exhaló. —Joder. Sabía que nunca debí dejar a Barry a cargo del lugar.

A su lado, las cejas de Spencer Verdy se dispararon hasta su flequillo a la moda.

—Detective, cualquier cosa que mi cliente diga...

—Cállate. —Trentithe se volvió hacia él—. Ya es demasiado tarde, así que cállate.

Kay entrecerró los ojos. —¿Así que todo esto es culpa de Barry?

—Siempre lo es. —Trentithe se pasó una mano por la cara—. Se suponía que debía estar vigilando las cosas, especialmente después de que esa tipa lo descubriera. Pensé que había aprendido la lección.

—¿Quién le dio las drogas a Carl? —dijo Barnes.

—Nadie. Nos las robó hace un par de semanas.

El bolígrafo de Kay se congeló sobre su libreta. —¿Que hizo qué?

Trentithe levantó las manos. —Lo sé, ¿verdad? Barry pensó que podría haberlo hecho. No fue como la primera vez que Carl apareció en lugar de Bonnie. Esta vez no había nadie ayudándolo a descargar, así que nadie lo vigilaba. Uno de los ayudantes de cocina, un chico nuevo, simplemente le dijo dónde poner las cosas. Fue solo cuando Barry estaba preparando la mercancía para el envío esa tarde que se dio cuenta de que faltaba una.

—Así que entró en pánico.

—Por supuesto que sí. Vino directamente a verme a la unidad y me lo contó.

—¿Qué hizo usted?

Trentithe tamborileó un ritmo endiablado con los dedos sobre la superficie desportillada de la mesa antes de responder. —Dirijo un negocio, detective. Hice lo que se me da bien: esperé hasta que Carl saliera del trabajo al día siguiente y me acerqué a él con un trato.

—Quiere decir que lo amenazó.

Un destello malvado brilló en los ojos del hombre. —Oh, no, eso nunca funciona, amenazar a las personas que te han hecho daño. No, es mucho más efectivo si les dices lo que vas a hacerles a su familia o amigos.

—¿Fue entonces cuando empezó a hacer que siguieran a Helen Taylor?

—Ya lo estábamos haciendo; en cuanto Barry vino a informarme, hice que la vigilaran. Fue bastante fácil de hacer, porque los dos comparten todo en las redes sociales. Todo lo que tuve que hacer fue mostrarle a Carl una foto de su esposa caminando por la calle frente a su oficina esa mañana, y accedió a devolver lo que era mío.

—Excepto que no lo hizo.

—El muy descarado vino a verme unos días después y me dijo que quería participar en el trabajo, y pensó que podía decirme lo que iba a pagarle por su silencio.

Kay se reclinó en su asiento y esperó que la sorpresa no se hubiera registrado en sus facciones mientras tomaba una respiración profunda.

Trentithe sonrió. —Supongo que todas esas vacaciones en el extranjero que a él y a su mujer les gustaba tomar les estaban costando una fortuna y se le antojó que podía meterse en mi negocio para ayudar a pagarlas. Como dije, un descarado.

—¿Estuvo de acuerdo?

—Joder, no. Claro que no. —Trentithe golpeó la palma de la mano sobre la mesa, su rostro enrojeciendo—. ¿Por quién me toma?

La puerta de la sala de interrogatorios se abrió y

Gavin se asomó, con preocupación grabada en sus facciones.

Kay negó con la cabeza y esperó hasta que él se hubiera retirado antes de volver su atención a Trentithe.

—Así que lo mató.

Él se encogió de hombros, como si estuvieran discutiendo un detalle menor en un trato de negocios. —No se puede permitir que la gente intente decirme qué hacer.

—¿Por qué matar a Will Nivens?

—No nos dimos cuenta de que Carl tenía a alguien con él ese día, hasta que fue demasiado tarde para echarse atrás. Lugar equivocado, momento equivocado, eso es todo. No podíamos esperar otro día; Carl ya había amenazado con llevarlo todo a la policía si no cumplíamos con sus demandas. No me dejó otra opción. Si alguien tiene la culpa de la muerte de Will, es Carl, no yo.

—¿Por qué hizo que Barry dejara el cuerpo de Carl en el taller de Mike O'Connor?

Trentithe se rio, sus ojos brillando. —Los nuevos dueños del restaurante no estaban interesados en ofrecer catering al público, y ninguna de las personas quería arriesgarse a pedírmelo directamente. Todo el tiempo que Ann y Mike ofrecían el catering, las personas podían fingir que no sabían nada sobre cómo llegaban las drogas a sus fiestas si los suyos la asaltaban. Más indirecto, ¿ve?

—Así que dedicó todo su tiempo a desarrollar el lado de la cocina fantasma para traficar las drogas, ¿es eso?

—Todo iba bien hasta que apareció Carl Taylor. —Trentithe hizo una pausa, se pasó una mano por la nuca y luego exhaló—. Maldito Barry. Sabía que debería haberme encargado de todo yo mismo.

Kay se reclinó en su silla y dejó que sus palabras se hundieran por un momento.

A pesar de todos sus años como policía en servicio, la forma insensible y bárbara en que Trentithe hablaba de los dos hombres muertos y la manera en que había hecho que Barry Clements se deshiciera del cuerpo de Carl, para saldar una cuenta pendiente, le produjo un escalofrío en los hombros.

Tomó una respiración profunda y luego pronunció las palabras que esperaba que él se llevara a la tumba.

—Alan Trentithe, lo acuso de los asesinatos de Carl Taylor y Will Nivens…

CAPÍTULO 50

Kay se detuvo en la acera frente a Mike O'Connor's Used Car Sales y emitió un sorprendido "vaya" antes de que Barnes chocara contra su brazo debido a la repentina desaceleración en su paso.

—Mira —dijo ella.

Extendida a lo largo del frente del patio había una pancarta pintada a mano, sus colores brillantes gritaban que todos los coches usados tenían precios reducidos y que los clientes potenciales deberían darse prisa mientras duraran las existencias.

Paseó la mirada por los vehículos que formaban un semicírculo a ambos lados de las puertas delanteras de la oficina y notó que se exhibían carteles similares en cada parabrisas, con algunos de los coches más antiguos casi a mitad de precio.

Un movimiento hacia la parte trasera del patio llamó

su atención, y miró por encima del techo del vehículo más cercano para ver a Mike O'Connor llevando un cubo que derramaba agua sucia por los lados mientras se dirigía pisando fuerte hacia un desagüe a un lado del edificio.

—¿Está solo hoy? —dijo Barnes.

—Vamos a averiguar qué está pasando —dijo ella, y se dirigió con paso firme hacia el vendedor de coches usados.

O'Connor vertió el agua en el desagüe y luego se volvió para enfrentarlos, con la boca torcida hacia abajo.

—¿Han venido a regodearse?

—¿Dónde está Kevin? —dijo Kay.

—Decidió que ya no quería trabajar aquí. No puedo culparlo, para ser honesto. El pobre muchacho se llevó un susto de muerte. Trabajar para mí tampoco se vería muy bien en su currículum, supongo.

—¿Cómo va la venta?

Él la miró con furia. —Acabo de empezarla hoy. Luxford decidió que ya no quería comprarme el negocio, y no he vendido un solo coche desde que encontraron el cuerpo de ese tipo aquí.

—Si sirve de consuelo, hemos arrestado a dos hombres esta mañana en relación con el asesinato de Carl. Creo que usted conoce al menos a uno de ellos: Alan Trentithe.

O'Connor parpadeó. —¿Alan?

Se tambaleó un poco y extendió la mano para

apoyarse en una tubería de desagüe que corría a lo largo del edificio.

Kay observó cómo su rostro se tornaba gris. —Lo que me gustaría saber, señor O'Connor, es por qué Barry Clements eligió dejar el cuerpo de Carl aquí. ¿Por qué atacarle a usted?

—Porque intenté alejarme. Le dije que no quería tener nada que ver con su negocio. —O'Connor dejó caer la esponja mojada en el cubo vacío antes de cruzar los brazos sobre el pecho—. Y uno no se aleja de gente como Alan Trentithe.

—¿Le amenazó, antes de dejar el cuerpo de Carl Taylor aquí?

—Al principio no.

Barnes hizo un gesto hacia las puertas abiertas de la oficina. —¿Entramos para salir de este calor y nos cuenta qué ha estado pasando?

Los hombros de O'Connor se hundieron. —De acuerdo. Supongo que todo saldrá a la luz de todos modos si han arrestado a Trentithe.

La piel de Kay se erizó cuando entró en la oficina de ventas, el fresco interior ofrecía un alivio bienvenido del sol que se reflejaba en los parabrisas de los coches fuera y horneaba el pavimento de concreto.

Siguió a O'Connor hasta su escritorio y esperó mientras él se sentaba, enrollándose las mangas mientras parecía meditar sus palabras.

Barnes se hundió en una silla frente a él y sacó su

libreta. —¿Por qué no empezamos con el acuerdo que tenía con Trentithe en el restaurante?

El labio del vendedor se curvó. —Honestamente, no teníamos idea de lo que estaba pasando en esos eventos, no hasta que le dijimos a Trentithe que estábamos vendiendo el lugar. Nunca olvidaré la expresión en su rostro cuando apareció ese día.

—¿Cuándo fue esto? —dijo Kay.

—Unas cuatro semanas antes de que nos mudáramos. Mantuvimos la venta en secreto el mayor tiempo posible; es mejor así para los nuevos dueños y para nosotros. Algunas personas pueden molestarse por el cambio, ¿sabe? Y queríamos facilitarle las cosas a Tom y Zoe para que tuvieran éxito.

—¿Cómo se enteró Trentithe?

—Ann habló con la mujer que trabaja en su oficina para decirle que ya no necesitaríamos los servicios de catering ni comida para llevar. Aproximadamente una hora después, Trentithe irrumpió por la puerta principal del restaurante exigiendo hablar con nosotros. Asustó terriblemente a la joven de recepción ese día. —O'Connor sacudió la cabeza—. Gracias a Dios que no apareció mientras teníamos clientes.

—¿Y fue entonces cuando les amenazó?

—Nos dijo que teníamos que convencer a los nuevos dueños de continuar con el catering, o de lo contrario se aseguraría de que nunca volviéramos a dirigir un negocio. Fue entonces cuando nos enteramos de lo que realmente estaba pasando. —Bajó la mirada a sus manos—. Si hubiera sabido que estaba haciendo que su gente traficara drogas en esos eventos y usando nuestro servicio de comida para llevar para establecer su red, habría ido a la policía y lo habría denunciado.

—¿Por qué no lo hizo? —dijo Barnes—. Quiero decir, fue, ¿qué, hace más de un año que se enteró?

O'Connor negó con la cabeza, y cuando finalmente alzó la vista, Kay vio la tristeza en sus ojos.

—Era demasiado tarde para entonces. Ann había publicado ese maldito libro, y habíamos ganado mucho dinero gracias al catering que subcontratamos a la gente de Alan Trentithe. Nos habrían acusado de beneficiarnos de los ingresos del delito o algo así, ¿no? Y si lo denunciábamos, habría venido por nosotros. —Señaló con la barbilla hacia el patio—. Vino por nosotros. Todo porque vendimos el restaurante y él perdió una fuente de ingresos, una muy lucrativa, además. Esa es la cosa con Alan Trentithe, ¿sabe? Se toma su tiempo, pero nunca olvida. Nunca podré vender este negocio ahora. Nunca podré devolverle a Ann todo el dinero que aún le debo. Probablemente nunca vuelva a vender un coche tampoco.

Kay retrocedió mientras Barnes se levantaba de la silla y guardaba su libreta dentro del bolsillo de su chaqueta.

Suspiró mientras observaba al hombre abatido sentado detrás del escritorio.

—Al menos Trentithe y su colega, Barry Clements, están bajo custodia —dijo ella—. Es probable que los mantengan en prisión preventiva hasta sus juicios también. No tendrá que preocuparse por Trentithe; no saldrá en mucho tiempo.

—Buena suerte con eso, detective —dijo O'Connor—. Pero recuerde: siempre habrá alguien listo para tomar el lugar de gente como Alan Trentithe.

CAPÍTULO 51

Una sensación de alivio llenó la sala de incidentes mientras Kay arrojaba el último de una serie de informes a su bandeja superior y dejaba caer su bolígrafo sobre el escritorio.

Estiró el cuello y se encogió de hombros, luego se levantó y se inclinó sobre el escritorio de Barnes, tomando uno de los croissants de un plato junto a él.

—Oye, dijiste que no querías nada cuando subí a la cafetería, jefa —refunfuñó él.

—Mentí.

Sonrió, luego dio un mordisco y saboreó el pastel aún caliente. —¿Deberíamos terminar esta última reunión y luego dejar que este grupo se vaya temprano?

Barnes agarró el último croissant antes de que ella pudiera robarlo también, luego la siguió hasta la pizarra mientras el resto del equipo de investigación se reunía en un semicírculo alrededor de ellos.

—Primero que nada, gracias a todos vosotros por un buen trabajo esta última semana —comenzó Kay—. Este no fue un caso fácil, y todavía estamos investigando si se deben presentar cargos contra Mike y Ann O'Connor, pero por ahora, algunos de vosotros pasaréis a otros casos.

—Laura, necesitaré que trabajes con Debbie para asegurarte de que cataloguemos todo para la revisión del Servicio de Fiscalía de la Corona. Mientras tanto —Kay hizo una pausa y tomó el borrador de la pizarra, luego lo lanzó a través de la habitación a la detective más joven —, te dejaré a ti, a Phillip y a Gavin discutir sobre de quién es el turno de limpiar la pizarra. Ese fue un gran resultado basado en vuestro trabajo en la localización de los contenedores de envío. Bien hecho.

Sus palabras fueron recibidas con un pequeño aplauso, y esperó hasta que se apagó antes de aclararse la garganta.

—Bien, pasemos a la tarea final. Ian, ¿puedes arreglar visitar a Helen Taylor y Louise Nivens para informarles que estamos acusando a Alan y Barry antes de irte a casa? Yo haré un seguimiento con ambas una vez que el Servicio de Fiscalía de la Corona haya procesado todo, así que puedes asegurarles que las mantendré al tanto del progreso.

—Lo haré, jefa.

—Gavin, necesitarás llamar a Lucas esta mañana para informarle que se están presentando cargos para que pueda liberar ambos cuerpos para el entierro, por favor.

—Sin problema, jefa.

—Muy bien, gracias a todos. Ese fue un buen resultado en circunstancias difíciles. Podéis retiraros.

Kay tapó su bolígrafo, cerró su libreta y observó cómo su equipo se dispersaba hacia sus escritorios.

Una ligereza llenó la habitación ahora, la presión invisible que había sustentado la semana pasada retrocedía lentamente hacia los bordes mientras los oficiales despejaban sus escritorios y archivaban los informes finales.

Sabía que no duraría mucho, pero mientras caminaba de regreso a su escritorio y miraba el ícono parpadeante de correo de voz en su teléfono, saboreó el momento y dejó que la sensación resultante de logro la llenara.

—¿Jefa? ¿Tú también te vas a ir pronto? —dijo Gavin, acercándose a su escritorio y sosteniendo un montón de documentos que necesitaban su firma.

—Lo haré, pero iba a sugerir que nos reuniéramos más tarde en mi casa para una barbacoa —dijo ella—. Parece que va a ser la noche perfecta para ello.

—Nunca voy a decir que no a una de las barbacoas de Adam —dijo Barnes, levantando la vista de la pantalla de su ordenador con una sonrisa—. Yo llevaré el vino.

—Suena bien. —Kay cruzó la mirada con Laura y le hizo señas para que se acercara—. ¿Quieres unirte a nosotros? No has tenido la oportunidad de ponerte al día con todos desde que empezaste.

—Sería genial, jefa, gracias —sonrió Laura—. ¿Puedo llevar algo?

—Sí —dijo Barnes—. Tiritas. La jefa puede ser una gran detective, pero es un peligro con el cuchillo.

———————

Kay bostezó mientras cerraba su coche y luego cruzaba el camino de grava hacia la puerta principal.

Se abrió antes de que pudiera meter la llave en la cerradura, y Adam la recibió con un beso y una taza humeante de café.

—Me tomé el día libre —dijo, haciéndola pasar al salón—. Pensé que necesitarías descansar después de la semana pasada, y tengo una fecha límite para un artículo de revista, así que podemos relajarnos.

—Suena perfecto. —Kay se hundió en el sofá, se quitó los zapatos y se frotó los pies, con los párpados secos por la falta de sueño—. Creo que voy a tomarme esto, luego darme una ducha y dormir. He invitado a los demás a una barbacoa más tarde, pensé que sería buena idea desahogarnos un poco.

—Buena idea. Iré a comprar unos filetes y algunas cosas esta tarde.

Kay tomó otro sorbo de café y luego se enderezó—. ¿Dónde están los gatitos?

—El tipo de la Liga de Protección de Gatos vino anoche a recogerlos. Cree que podría tenerlos todos reubicados en un par de semanas.

—Eso es bueno.

—Suenas un poco decepcionada —dijo él, dejándose caer en el sofá a su lado.

—Me estaba acostumbrando a tenerlos por aquí.

—Bueno, si crees que vas a sentirte sola y quieres algo de compañía mientras estoy en Londres para esa conferencia la próxima semana, siempre podrías cuidar a Sid la serpiente. Su dueño se va a Florida por un par de semanas.

Kay entrecerró los ojos mirándolo.

—Muy gracioso, Turner. Sigue así y te arrepentirás.

Él se rio, le pasó el brazo por los hombros y le guiñó un ojo.

—¿Eso es un desafío?

FIN

BIOGRAFÍA DEL AUTOR

Rachel Amphlett es una de las autoras de ficción criminal y thrillers de espías con más ventas del USA Today; y muchas de sus obras han sido traducidas en todo el mundo.

Sus novelas están disponibles en formato digital, impresos y como audiolibros en bibliotecas y tiendas minoristas, así como en su página web.

Rachel, una viajera entusiasta e investigadora privada por accidente, tiene ciudadanía australiana y británica.

Para más información sobre los libros de Rachel entra en: www.rachelamphlet.com.